——文学院书系——

朵朵红棉

（华南师范大学卷）

李　峥　主编

江苏凤凰文艺出版社
JIANGSU PHOENIX LITERATURE AND ART PUBLISHING

图书在版编目（CIP）数据

朵朵红棉 / 李峥主编. -- 南京 : 江苏凤凰文艺出版社, 2025.1
ISBN 978-7-5594-8634-9

Ⅰ. ①朵… Ⅱ. ①李… Ⅲ. ①散文集－中国－当代 Ⅳ. ①I267

中国国家版本馆CIP数据核字(2024)第098283号

朵朵红棉

李 峥 主编

出 版 人 张在健
责任编辑 杨威威
特约编辑 王美元
装帧设计 WONDERLAND Book design 佃德 QQ:344581934
出版发行 江苏凤凰文艺出版社
南京市中央路165号，邮编：210009
网 址 http://www.jswenyi.com
印 刷 三河市双升印务有限公司
开 本 880毫米×1230毫米 1/32
印 张 6.375
字 数 127千字
版 次 2025年1月第1版
印 次 2025年1月第1次印刷
书 号 ISBN 978-7-5594-8634-9
定 价 88.00元

目 录

此情可待成追忆

——怀念中文系首任系主任廖苾光先生

柯汉琳

廖苾光先生在分享了人世间近一个世纪的甘苦荣辱之后，终于安详地离我们而去了。告别仪式之后，一种想写点什么的冲动一直在我的心头回荡萦绕……

呜呼！天下之事，总有非人力之可致者。记得去年此刻，我们还为廖先生举办了他的九十寿辰庆祝活动，那时，他神采奕奕，步履矫健，谈笑风生，大家都以为他可攀登百岁高峰，不料时隔一年，他却在他的安乐床上静静地长眠了……天道之溟漠，实难揣度。

人之生与死，本如万物之荣与枯，乃自然之法则。生命原来自大化，去亦复归大化——去，不过是回到来的地方罢了。如此想来，实不必太恻怆的，更何况先生高寿如斯！先生生已有闻于当时，死也有传于后世，更有桃李满天下，深得后学爱戴，仅此，也就可说一句“幸福的苾光先生”了！

不过，我初见廖先生时，他并不幸福。那天，我与珍妮随杨凡、吴素霞夫妇拜访了廖先生林哲明夫妇。此前，我已知道，廖先生是一位早年投身革命，后大半辈子致力于教育事业、潜心于文艺学研究的知名学者；我也知道，1951 年，廖先生受命参与了华南师范学院（今华南师范大学）的接管工作，并担任了中文系的首届系主任。但是，当我登门拜访时，眼前的情景却令我惊讶和心酸：他和林哲明夫妇及当时唯一在身边的女儿栖身之处，竟是在一位亲戚住房的屋檐下临时拼搭起来的小木屋，这是名副其实的寄人篱下！其情其景，令人骤生凄戚：天地如此之大，而这位知名教授、学者，却几乎没有立身之地，这是多么难以想象！记得当时他见了老朋友杨凡夫妇，高兴极了。他们早在大革命年代就认识，1926 年冬，其时已参加共青团的杨凡作为梅县代表前往参加彭湃在汕头永平酒店召开的“粤东农民和少先队第一次代表大会”（彭湃出席和主持大会），在前往汕头的水路小船上，杨凡与廖先生初识，廖先生也是梅县党组织派往参加彭湃在汕头召开的这次大会的代表之一。这次的相遇，成就了他们一生的友谊。1927 年 7 月，杨凡参加了中国共产党领导的梅县武装暴动，失败后逃往石扇就藏在廖先生家中；1933 年，杨凡在上海与党组织失去联系后流亡到日本早稻田大学留学，时廖先生已在东京法政大学读书，杨凡就寄居在廖先生家中；抗日战争期间，1939 年 7、8 月，其时在梅县东山中学任教导主任的廖先生因掩护抗日青年而面临被捕的危险，当时已回国参加抗战、先后受叶剑英和周恩来指示打进国民党吴奇伟部任职的杨凡闻讯即给廖先生安排了一个军中职务，使他得以脱险。1939年5月，廖先生又通过杨凡解救了被国民党逮捕的梅县青年抗日先锋队负责人李国玺等九人。在共同的革命生涯中杨凡与廖苾光成了莫逆之交；在那不平常的十年里，他们又同样经历了命运的磨难。此刻，他们又见面了，彼此大有一种“十年生死两茫茫”的感慨。记得当时廖先生对自己的居住处境有点尴尬地说：“你看我这陋室！”杨凡先生笑道：“君子居之，何陋之有！”

不久，春风忽度玉门关，“落实政策”了，廖先生终于获得了广州市人民政府安排给他的一套两室一厅的住房，地点在员村，我时而去看望他，他和林哲明女士常与我长谈，谈风雨人生，谈人情世故，谈读书做人。他们似乎没有太多的要求，能有这套房子安身立命就很满足了。房子虽小，但廖先生说：“室雅何须大，花香不在多。”后来我慢慢体味，这话不仅是谈住，似乎也蕴含着一种做人的道理，体现了廖先生对淡泊人生的一种追求。

1979年，高校恢复招收培养研究生，廖先生被请回华南师范学院——这所记写着他创业的功绩却又一度把他作为“多余人”抛弃了的高等学府——带文艺学研究生。历史走了一个“怪圈”，又回到起点。廖先生不再被视作“多余”，重登杏坛，再执教鞭，这对于他来说，如同凤凰涅槃。

那时，廖先生已七十多岁，学校要他带文艺学研究生，恰好我是文艺学教研室的一名青年教师，系领导就说让我给廖先生当助手，做些杂务。廖先生仍住在员村，那时没有“的士”，更没有专车，他每次给研究生上课，都由我用单车载着他来回。为了走近路，从华师出发接廖先生，我常骑着单车穿越一处荒凉的、崎岖不平的山地（这块山地就是今天美丽壮观的天河公园），说实在的，那时独自骑单车走荒野，还有几分危险的感觉呢。当然，回学校时因带着廖先生，就只能绕往黄埔大道走远路。借着给廖先生打杂的机会，我也和研究生一起听他讲学，先后听了廖先生的两门课：《黑格尔美学》和《中国古代文论与诗论》。此外，我还从上一辈老师的笔记本中抄得廖先生 20 世纪 50 年代讲的《中国文艺学》的笔记。廖先生去世之后，我重新翻阅了这三门课的笔记本，眼前又浮现出当年他讲学的情景……

廖先生讲课的风格慢条斯理，说古道今，娓娓道来，不紧不慢。他从不用讲稿，至多用一页纸写个提纲，但其思路之清晰、议论之严密和强闻博记的能力令人叹服。例如，引用古人论文艺的言论或古代诗词时，他如数家珍，一字不漏地背诵出来；他学贯中西，学识广博而深厚，对许多问题都有自己独到的见解，例如他讲刘勰的“神思”，抓住一个“神”字，从自然的神化讲到人的神化，再讲到思想的神化，把“神思”的含义讲得极其透彻，从而使学生对“神思”即“想象”的道理也理解得极为清楚。再如讲“意境”，人们一般只停留在“情景交融”的层面上去解释，他却和“神思”联系起来，指出“意境”的创造必须依赖于“神思”，要“入神”才有“意境”，这样他就把“意境”与一般诗歌形象区别开来了。他对别人的观点从不盲从，例如《文心雕龙》“物色”篇有“物色尽而情有余”一句，一些注本释为“物色可以写尽而情思写不尽”，廖先生指出这种解释不合原意，应解释为“物色写尽了但情思没有尽”。再如唐代张继《枫桥夜泊》中“江枫渔火对愁眠”一句，一些权威本注释“江枫”为“隐指时令为秋”，廖先生指出，古代写诗极少无意义的重复，此诗首句已有“霜满天”，时令为秋已很清楚，何以要再说一次秋天呢？其实，“江枫”，不是“江边的枫树”，而是指“江桥”与“枫桥”。“江桥”今不可见，但古书有记载，“枫桥”则还完好。我于 1982 年到苏州，特地到寒山寺，见到枫桥，再向寺里和尚打听，也证明过去确有“江桥”。由此可见，廖先生的说法是有道理的。

先生的治学态度和他做人一样：扎实而稳健。他搬回华师居住以后，我有了更多的机会登门向他问学，这种体会就愈加深刻了。他曾对我说，读书做学问，最要紧的是扎实与精思，千万不可望文生义，牵强附会，随心所欲，不要动不动“古已有之”，例如，中国古代有美学思想，但不等于孔子或庄子已建立了“美学”。说到写文章，他说，一定要精思而后作，做到“文不虚生，论不虚发”。他极讨厌那种不靠真才实学谋取某种学术头衔的种种“成名”之道，以为那类虚有其名者，“当时则荣，殁则已焉”……先生之言，如金石之落地，琅琅有声，至今如闻。

呜呼苾光先生！念昔日之教诲，叹先生之不可复见，一切皆成追忆，又岂能不伤哉！然而，诚如鲁迅所说，死者倘能埋于活人心中，他其实不死。苾光先生不正是活着吗?!

◇ 作者简介 ◇

柯汉琳，华南师范大学教授。独著有《美的形态学》等，合著有《文学理论教程》等，主编教材粤教版《普通高中语文实验教科书》等，共20余部/套；全国统编高中语文教材分册主编；《中国大百科全书》文学理论词条撰写人之一。

谈张恩和先生，并谈及相关的一些事

刘　纳

世上有过张恩和这样一个人，现在没有了。

张恩和先生逝世后，我请黄海飞帮我送个花圈。黄海飞问：要不要写挽联？我答说“不会啊”。真的不会。黄海飞又问我：姓名上面怎么署？“学生”？“好友”？我说都不恰当。

我不是他的学生。我称他“张老师”，对他那个年龄段的人，我都这样称呼。在专业方面，他没有直接提点过我。

我不是他的朋友。在写这篇文之前，我读到朱寿桐先生的《匆匆别去说鸿儒》。朱寿桐说张恩和是“称得上‘鸿儒’的学者”，并记述了 1992 年在北京新万寿宾馆开会期间张先生每晚主持的“神侃大会”：“海阔天空地狂聊，古今中外地神侃，聊得昏天黑地，侃得有天没日”。1992 年那次会我也去了，但不知会下另有“神侃会”。假如我去旁听“神侃”，估计也搭不上话。我也曾被人认为“挺能侃的”，但我只会说些不着调的八卦。张先生不曾与我闲聊。

我想：即使有机会，也未必聊得起来，正如唐弢老师与我聊不起来一样。这，我下面会说到。

告别仪式过后，黄海飞把照片发给我，他在我送的花圈挽带上署了“后学”，很恰当。从照片中，还看到训诂学家王宁先生送的花圈，署“好友”。我这个琴棋书画一样不懂的人进不了张恩和先生的朋友圈。

一

四十多年前，我刚读研的时候，从唐弢老师那里知道了张恩和，知道了他的文章。

1978 年唐弢老师出的研究生复试题是“比较鲁迅的《狂人日记》和果戈理的《狂人日记》”。后者我没听说过，鲁迅的《狂人日记》也差不多忘光了，于是绕着从文学史看来的“狂人是反封建战士”等说法东拉西扯。入学后，唐老师说：你还是会写文章的，但是没有好好读《狂人日记》。他讲了一番话，大意是：搞现代文学，一定要把《狂人日记》读透。听了这番话，我读研后的第一篇作业写的是《比较鲁迅的〈狂人日记〉和契诃夫的〈第六病室〉》。樊骏老师说：你好像很喜欢契诃夫，对《狂人日记》理解得不够。唐弢老师给我改了些文章的字句，并且在作业后面写了几篇涉及《狂人日记》的文章题目，让我找来读读，其中有茅盾的《读〈呐喊〉》，有张恩和的《对狂人形象的一点认识》。我读了这几篇文章，却改改弄弄地更写不出来了。《狂人日记》成为我迈不过的一个坎。四十年间，我没敢再写阐释《狂人日记》的论文。

唐弢老师说：张恩和的学术起点很高。

张恩和的论文《对狂人形象的一点认识》1963 年经唐弢老师推荐发表在《文学评论》。此文挑战了当时几近公认的“战士”说，令人信服地说明狂人“确确实实是个狂人”。张先生阐释鲁迅的批判性思想怎样经由狂人的呓语呈现，并形成影响力时，强调了读者的参与以及作者怎样调动读者的参与。张先生对作品与读者关系的理解，与接受美学的一些命题相近：作品依赖阅读主体的积极介入、感知，作者的意图和作品的功能通过读者阅读实现。

张恩和先生与姚斯、伊泽尔等西方学者心有灵犀吗？姚斯 1967 年提出接受美学的概念。发表《对狂人形象的一点认识》的 1963 年，张先生还是二十多岁的青年。

唐弢老师研究鲁迅几十年。听专注于鲁迅研究史的学者说：唐弢最好的两篇论文之一是发表于 1981 年的《论鲁迅小说的现实主义》。这篇长文的第一节即“从《狂人日记》谈起”。张恩和回忆：唐弢老师写这篇论文时与他讨论过对《狂人日记》的理解，并提到他发表于 1963 年的《对狂人形象的一点认识》。唐弢老师去世后，张先生在悼文中写道：“唐弢同志关于《狂人日记》的见解和论述，当然要远比我那篇小文提出的看法深刻透辟得多，论证也更为有力。”“我知道唐弢同志不单是在阐述他自己对鲁迅小说的真知灼见，也是在支持和加强我的看法，想到这里，很自然地就有一股暖流涌上我的心头。”（《泽被后人，永存风范——缅怀唐弢先生对我的指导》）张恩和先生说得恳挚。而从另一角度看，唐弢《论鲁迅小说的现实主义》对《狂人日记》的阐释，确从张恩和识断独到的《对狂人形象的一点认识》得到启示。

唐弢老师欣赏张恩和的学问文章，曾与张恩和共同署名发表《论鲁迅早期“为人生”的文艺思想》。唐弢老师极看重自己的文字，他只与两人联合发表过论文（另一人是他的博士生王友琴）。

张恩和先生称唐弢是自己的“严师良师”，但他们的关系可能更介于师友之间。我这样说，并非凭空猜想。

写到这里，想插说一事。那是 20 世纪 80 年代后期，具体时间忘记了。室里一位年长的同事对我说：你该去看看唐先生。他前些时听唐弢感叹：我的学生也不来看我。我很惊讶。唐老师以前说过他写文章时很怕打扰，因而没有具体的事时我不会去他家。而人的心情是动态的，会变化。于是我惭愧，当天下午我就约了同学前去看望。唐老师很高兴，很慈祥，问长问短。可关心的方方面面都关心过了，我发现唐老师可能比较费心地在想还说点什么，而我除了问候他的身体也不知该说些什么。唐老师和师母一再留饭，我们还是告辞了。这次看望给我留下很深的印象。

我回想与唐弢老师的关系：他是尽责的导师，他曾逐句逐字地教我怎样把文章写得清通、有节奏、“娓娓而谈”（这是他多次说过的词语，也是他最喜欢的文字风格）。他对我很好，真是很关心我。我从未对他说起过自己有什么困难，而他得知于他人后，会主动地、尽力地帮忙。我感动、感激。但是，唐老师与我聊不起来——我指闲聊。能聊得起来，是做朋友的基础。唐老师和我，只是师生，不涉“友”。

唐老师和张恩和是聊得起来的。他们交往较多，几次一起出行。谈鲁迅、谈现代文学之外，他们该还有别的话题，比如书法。他们都还保留着中国传统文人的看家本领（写毛笔字）以及相关的情趣。

记得第一次和同学去唐弢老师家时，他一一问我们：有字吗？有号吗？唐老师解释说，对人客气一些的，不好直呼其名，要以字相称的。他的意思是，如果我们有字，他会礼貌地以字称呼。关于字号的常识，我还是知道的，但觉得是距自己很遥远的古人的事。唐老师这一问，我很惊讶，感到坐在面前的非常亲和的唐老师也遥远了。唐弢老师有字有号。

我不知道张恩和先生是否有字有号，而与他谊兼师友的启功、钟敬文等老先生都有字有号。

20 世纪 90 年代后期，社科院大楼背面破破烂烂的后院忽然辟出一方五六平方米的小花坛，并竖了一块石头，镌刻着新任院长的题字“雅趣”。每从那里走过，我会想起吴敬梓的名句“雅得那么俗”。然而，在任何时代，都有雅得不俗的人。

张恩和先生兴趣宽博，擅书法、爱音乐、好棋牌。

2012年，收到张先生寄赠的《张恩和诗文》，我一幅幅看他的字，只认为好看、漂亮，却说不出怎样好看，如何漂亮，什么风格，什么流派——我不懂。张先生在这本书的《专辑赘语》中说：“我对书法一直保有浓厚的兴趣，数十年未曾间断。”这兴趣已经上升为热爱了。

我钦敬唐弢老师、张恩和先生，还有一些学者的文人素质以及不俗的雅趣，而这是不能东施效颦般地硬学的。

前面说过，我进不了张恩和先生的朋友圈。而一次偶遇，使我与他有了两事之缘。

二

1996年的一天下午，我在社科院研究生院（西八间房）的门口偶遇张恩和先生。

打过招呼后，张先生让我等等他，他去推车（自行车），说“一起走”，于是有了我和他唯一的一次长谈。站在研究生院门口说了一会儿，而后骑着自行车边行边说，在三元桥附近又说了一会儿。所谓长谈，估摸不会超过一个小时。

他那天只谈一个人：冯奇。

冯奇是张先生的硕士生，我的同事，1986 年从研究生院毕业后来文学所现代室。

时隔二十多年，我已不可能准确地复述张先生那天说了些什么，怎么说的。记得清晰的，是张先生说到冯奇“老实”“受欺负”，还提到“听说你和冯奇不错”。

我也认为冯奇属于“受欺负”的。并非有谁把他设定为“欺负”的标靶，僧多粥少，老实人定然被忽视。须翻扯旧事，说说这“受欺负”的背景。

张先生不在文学所工作，我也没在所里见过他，而对文学所的小政治，即所谓办公室政治，他比我看得明白。

哪个单位没有小政治？当时文学所的小政治与多数人相关的是两样东西：职称、房子。

常听高校年轻教师羡慕地、向往地说到他们未赶上的二十世纪八九十年代：你们那时候多好啊！房子是分配的，评职称不搞量化。

前些时候与当年的同事刘福春一起与某校研究生进行网上座谈。刘福春说起八九十年代的文学多么自由，比如刘纳做着“中办主任”（周二上班日中午才到），领导不但没怎么样她，她说没钱买钟买表不知道时间，室主任竟送她一块表。“中办主任”是真的，送表是真的，自由也是真的。对于当时被宽容的赖皮行为，我日后惭愧了也感谢了。而我生怕年轻人误解，将以往年代的自由定格于想象，连忙补充：别把那年代和那时的文学所理想化。

那时的文学所管理宽松。研究人员只星期二去所里晃悠晃悠，平日爱干什么就干什么，但是，围绕着职称和房子，却有层出不穷的是是非非。

在偶遇张恩和先生时，冯奇已在所里工作十年，仍为助理研究员。前一年评职称，现代室有四个同年龄段的人可以申报副高，却有三人从室里就被卡下。刘福春和刘平还傻傻地去要申报表，遭拒后愤愤不平地说几句。学历最高的冯奇只憋屈着，不吭声。卡下三人的申报、评审机会只为保一个姓赵的人，为他提前挡住进入终评的竞争者。这位赵先生学术水平高？那么四人都申报，比一比，才令人信服。而有权者才不管别人信服不信服。

当时文学所评职称没有量化标准，由评委一轮轮地投票。程序似公正，但有没有利益交换和博弈呢？暗地里的事不知道，而1995年的副研评审，现代室冯奇等三人力保赵先生，则是明面上的。

我离开文学所之后，读到现代室同事桑逢康先生的纪实体长篇著作《此情可待成追忆》。书中说他曾“在评定学术职称的时候三番五次地被卡”，并且写道：“关于翰林院的内幕我手头积累了一大堆资料，足足可以写一部厚厚的几十万字的《新儒林外史》。”我印象中的桑先生处世平和、待人友善，读了这些文字方知他曾经的遭遇和对单位的看法。

冯奇至1998年才评上副研究员，是同年龄段的人中最晚的。2003年他患癌去世后，文学所发给他家属一个研究员证书。我听说这事时，百感交集，现在想起，仍伤叹不已。

再说分房。直至20世纪90年代中后期，文学所还有一些人住房很困难，有一家人住一间小平房的，有两家合住一个单元的，这该属“刚需”，却总分不到房。而另一些人住房改善又改善。

冯奇一家三口一直挤在父母的小单元房里，有段时间他哥哥家三口人也一同挤住。他一次次申请住房，十年了，他儿子都上中学了，仍然没人搭理他的申请。

有同事给冯奇支招：带着面包和矿泉水，去领导家坐着，从早坐到晚，坐几天，领导就怂了，你分房的事就解决了。

这不是玩笑调侃，也并非教唆胡闹捣乱，而确是诚心诚意地传授解决问题的方法——有成功事例的。

逢周二上班日，我十二点左右才到，所里的正经事不知道，但常能听说一些关于“闹”的八卦。比如，到七楼的窗前说要跳楼（并未真跳）；比如，述职时捧着速效救心丸哭诉。各种方式都有，包括去领导家坐着。

我从不认为这些以“闹”争取职称或房子的该被嘲笑。既然评职称、分房子的标准和过程多有随意性，当然会有人闹。比起暗箱操作的、阿谀巴结的，“闹”反而光明些。何必窝囊着，憋屈出癌症，死了，领导和同事也就遗憾一下，或许连遗憾都没有。

只见过“闹”而得胜的，没见过“闹”而遭打击报复的。文学所的几届领导都不威风，都比较有雅量。

现代室的人老实，即使委屈倒霉也不去闹。冯奇尤其老实，他性格比较软，连发牢骚都不会（或是不愿，或是不敢），更不必说“闹”了。

1996 年那天，在即将岔路而行时，张恩和先生说：“文学所快分房了，你帮帮冯奇吧。职称的事劝他想开些，可住房困难不是想得开想不开的事。”而后，他说出了“求”字：“求你了。”

我清清楚楚地记得张恩和先生的“求”，但想不起来当时怎么回答张先生的，像是没等到我回答，他就骑上车走了。试着以现在的我代入当时的我，忖想可能被惊着了。

张先生为一个已毕业十年的、很倒霉的学生“求”我，难为他了。

也难为我了。我一个破罐破摔的人，能去转求谁？我在文学所也算有二三朋友，但也是像我这般灰头土脸，和管事的领导说不上话的。

我怎么当得起张先生的“求”？逞一回能吧。

又一个星期二上班日，我去找室主任说：“听说又要分房了，咱们室要出一个分房委员吧？我选我。”

这是我生平第一次推举自己当什么劳什子“委员”，也是最后一次。室主任提醒我：“分房委员会开会在上午，九点要到的。”

不但室主任对我这个一贯散漫、被称为“中办主任”的人争当分房委员，很吃惊，其他人也觉得有些奇怪。

确如张恩和先生所说，我与冯奇“不错”。所谓“不错”，也只是在室里遇上时，多聊几句，还一起编了两本书。在别人看来，确属“不错”。但对于冯奇，或许这“不错”就错了。如果他与有头有脸的人“不错”，不至于一直倒霉。而像冯奇这么老实，不会来事儿的，有头有脸的人未必肯带他玩。冯奇曾吞吞吐吐地表示希望我帮他找领导说说。我说：“我算老几？找谁说也是自讨没趣。你自己不去说、不去闹，也没人表扬你老实。”

如果没有那天与张恩和先生的偶遇，我不会去争当分房委员。

分房委员会第一次会上，主持者说：“你们选个主任吧。”选出了古代室的一个人——后来发生的事让我很后悔：假如我当时令在场人猝不及防地说出“我选我”，也未必当不上这个任职期不足一月的主任。

工作人员先将申请分房者按职称、年龄、工龄、住房困难程度打分，但进入实质性“分”的环节，打分排名不重要了，就是争和吵。争吵，我还是会的，之前在所里没有表现过这方面的能力。反正我从来不羡慕优雅风度什么的，吵就吵。

争吵的结果是冯奇分到崇文门的二居室，我有些得意，冯奇很满意。一榜、二榜公示过了。我心想：分房这个很多人眼中神神秘秘的头等大事，真要去争也并不很难啊。又一个星期二上班日，我又是快十二点才到。冯奇在室里等我，告诉我三榜（最后一榜）出来了，原定分给他的房子被调换到了石景山区的鲁谷，距单位很远，距火葬场很近。那个将房子从鲁谷调换到崇文门的人，论资历、论职称、论年龄，都没有压过冯奇的理由。于是我和冯奇去找领导。

某领导说："这是分房委员会主任同意了的，你不过是个委员。"后来听人说起背后的猫腻，原来一个临时性的"主任"也能把权用到实处。这人现在也去世了。

我只能吵了。吵着吵着，某领导甚至答应再召集分房委员开一次会。但此时，被另一领导叫过去劝导的冯奇接受了"下次分房一定给你调换"的说辞，过来对我说："算了，算了，答应明年给我换房了。"我还怎么吵下去？灰溜溜地走吧。在文学所二十年，这是我唯一一次去找领导吵架。而直至冯奇去世，也没人兑现给他换房的承诺。

因为张恩和先生的"求"，我尽力做了自己能做的。但另怀愧疚：担任一回"委员"之职，我只为冯奇和其他两三个与我"不错"的人争，并未持公正心。那次，有些住房很困难，比如三口人住不足十平方米的人仍没有分到房。还有，对于领导打招呼一定要照顾的，我也没有说话。

张恩和先生再次"求"我，是在2000年。张先生有一个博士生（可能是他的最后一个博士生）已完成论文答辩，他给我打电话，说他的学生论文有些跨专业，担心在文学所学位委员会讨论通过时遇到麻烦，希望我参加那个会。此时我已办了调离文学所的手续，真不便再去充当什么“委员”（这个“委员”不是“我选我”弄来的），就对张先生讲清了我的为难，拒绝了。过了一段时间，一两个小时吧，张先生又打来电话，说他曾对文学所某领导有言语冲撞。他自己不在乎得罪人，但生怕因此连累学生。后来听说了关于这次冲撞的八卦，经张先生的女儿洁宇向他确认，是真的。于是我知道了他冲撞领导，也能冲撞得很幽默。我也听说过一些传闻，导师得罪了什么人，学生被报复，有些“父债子还”的意思。我能理解张先生的担心。后来我被说动了。已经忘记他怎样诚恳之至才说动我，反正他又用了“求”字。现在想想，两次电话相隔的那段时间，张先生可能很犯难吧。于是我厚着脸皮最后一次去文学所，蹭了那个张先生希望我在场的会。张先生担心的事并没有发生，那个学生的学位论文顺利通过。

这几乎就是张恩和先生与我的全部交往：他“求”我做事，都是为了学生，两次。

三

我现在回忆着、写着张恩和先生曾两次“求”我，心里仍然不是滋味。再说一遍：难为他了。

1996年那次在研究生院门口遇见，太偶然。我极少去研究生院，那天为什么去，怎么也想不起来了。或许是他让我等他取车的时候，或许聊着聊着，他有了“求”的想法，终于说了出来。之后，我与他从不熟识变为比较熟识，于是有了第二次。这第二次，也许他数过当时文学所学位委员会的委员，都比他年轻，可能只有我还算熟识。

张恩和先生去世后，我读到他恰恰写于1996年的文章《骨头的硬度》。他写道：“在拜金盛行、权势泛滥、各种各样软软硬硬的压力无时不在作用于人的时候，要做一个骨头硬的人真也不是那么容易。”曾听人说张先生“比较清高”，我也知道他不事俯仰。他要努力做到“骨头硬”，同时，他对学生又太心软。

现代教育制度下，不该再讲究什么“一日为师，终身为父”。导师和学生是指导与被指导的关系。倘若志趣相近、脾性相投，其学术与情感的联系可能持续一辈子。否则，三年而已。

张先生没有义务为已毕业学生的房子的事求人，也没有责任为学生的论文通过的事求人。假如某领导因张先生的冲撞而作难其学生，也并不是张先生的错，他可以让学生去投诉的。

他犯得上吗？值得吗？张先生做不到“理性经济人”，他比较性情。因而只有愿意与不愿意，没有值得与不值得。他不希求学生的回报。

1996年那天偶遇时，张先生叮嘱我：“不要把今天谈的话告诉冯奇。”之后我打电话告知他分房的情况，他又说冯奇自尊心很强的，不要让冯奇知道他“拜托”过我。我就没说。冯奇重病时，我去探望过，是与几个人一同去的，不适合说。再后来，就没机会说了。

我知道自己并非脸薄心软不会拒绝的人，但我还是比较为难地做了张先生所“求”之事。时隔这么多年，我难以描述他怎样的恳挚感动了我、打动了我——那令人不忍却更令人敬重的慈悲。

他的这两个学生并不知道自己的导师多么慈悲。

慈悲不是居高临下的施舍，不是加惠于人以求回报。慈悲发自不忍：张先生不忍见冯奇没有住房，不忍因自己冲撞领导连累学生。我一再用“不忍”这个词语，中国古圣留下的经典中，我很信服《孟子》的“不忍人之心”。

慈悲使得张先生这样一个洒脱之人不洒脱了。

之后，张先生一再谢我。事情过去近二十年后，还让他女儿洁宇比较郑重地转达感谢——这份谢，我领了。

我也感谢他，感谢他的信任：或是“乱投医”，或出于直觉的信任。连小组长也没当过的我竟被张先生这样的人“求”了两次，让我觉得自己还有些用。做分房委员是人生中没有过的经历，长见识了，也逞能了。还有更深层的收获：我又一次感受了什么是慈悲，并且明白了我如果招研究生，应当并且只能学习张先生，做服务型导师。

张先生应该知道我没权没势，没帮没派，自己也活得狼狈。他为什么不去找打个电话就管用的人呢？

假如张先生有资源与掌控权力者做交换，他真的不至于、也犯不上“求”我的。

不久前看到博士生们在微信朋友圈转着一篇网文《我在麻省理工的六年读博生涯》。作者孙笑尘向年轻学子传授经验教训：“读 Ph.D.（博士学位），一个知名度高的大老板能拓宽你的上限，而一个关心学生的导师确保了你的下限（二者并不矛盾，一个既出名又关心学生的导师自然是最好的）。但若非要择其一，我认为，确保‘下限’，接受完整的科研训练并顺利拿到 Ph.D. 是更重要的。这几年看了太多在读博期间非常挣扎的例子，读博真的可以非常痛苦。”

张恩和先生知名度高吗？我不知道怎么样比较“知名度”的高与低，就不去比较了。这年头，无论老的少的，倘若有意捣腾出些动静来，让自己“知名”些，也并非难事。而张先生肯定不是“大老板”。

张先生 1983 年从北师大调到社科院研究生院。在去世前两年的一次访谈中他认为这次调动“在我一生中是一件大事，是人生的一次转折”。调动的起因是唐弢希望他做助手。他说：“到研究生院和在师大最大的不同是，教学任务少了，和青年学生接触的机会少了，但科研时间多而且比较集中，学术活动也比以前多，信息量增加了，学术视野也比以前更开阔、更活泛，人事上麻烦事也少得多了……应该说，这都是我希望得到的。”（《鱼与熊掌，何妨兼得——张恩和教授访谈录》）

三十多年后回望，张先生仍确认调到研究生院得到了“希望得到的”。同时，他也主动丢掉了成为“大老板”的可能性。

曾显一时之盛的社科院研究生院在进入 20 世纪 90 年代之后缩减招生名额，有做了十年博导只招过一个学生的。我曾见一个博导拿着考生名单，旁边一人问：有重点大学出身的吗？答：没有。我凑过去看看，确实没有，也似乎明白了些什么。没有本科生的研究生院既不像大学又不像研究机构，它不是能成就“大老板”的平台——我说的是当年的事，现在有社科院大学了。

“大老板”的底气来自身后的平台，其本人以及崇拜者、羡慕者常常错把平台当作水平和能力。

同年龄段、资历相近的同行中，张恩和先生比较早评上教授、博导。他确是关心学生的导师，不止关心，而且慈悲。他希望学生能接受完整的科研训练并顺利拿到学位，这是孙笑尘博士所说的“下限”。但是，张先生要做到这两点也并不容易：他在研究生院招的学生未必愿意费心费力地接受完整的科研训练，而顺利拿到学位也不是导师说了算的事，有可能遇到意料之外的不顺利。

我感觉张先生这个人非常适合做导师，但他带的硕士、博士估计不超过两位数。我又想：幸亏他没几个学生。假设他有很多学生，他的慈悲会使他遭遇更多为难事吧！

张恩和先生去世前一年发表了《郭预衡先生的幸耶？不幸耶？》，谈对郭预衡没评上博导以及错过“资深教授”一事的看法。他写道：“就我所知，郭先生好像并没有把评博导太当回事。”

我想仿张先生句，说：就我所知，张恩和先生好像并没有把平台、资源、知名度等这些太当回事。他不需要一帮人前呼后拥着，或真心或假意地追捧着。但，他不当回事的东西，很多人是当回事的。因而，他也须面对某些势利。2000 年还是 2001 年（记不清了）的一次号称“国际”的什么会，张先生去了，我也去了。主办方对张先生和与他同年龄段、同为博导的“大老板”招待规格明显不一样。我听张先生叨叨了两句。同时听到的一人仿佛替张先生不平，在背后说些“边缘”“失落”的话，我觉得挺没意思的。叨叨两句，是事实陈述，无足萦怀，而且包含嘲讽。

张先生去世后，我又读了两遍《郭预衡先生的幸耶？不幸耶？》。他在大时代背景下评论郭预衡和其他“老先生”各自的“委屈挫折”，兼及一代人的命运。年过八十的张先生如此清醒、明白，洞悉世事和世事中的人。他的通透，有坦荡的人生态度做底垫。

只是与学生有关的事，张先生做不到潇洒了——因为慈悲。作为被他“求”过两次的人，我恰巧看到了这一面。

断续写此文的同时，我在看电视剧《清平乐》。荧屏上活动着的演员难契合我对范仲淹、蔡襄、欧阳修、富弼、文彦博等人物的想象和向往。而我突兀地冒出一个想法：北宋仁宗至神宗那年代，可能更适合张恩和先生吧。假如他能从范、蔡、欧阳诸子游，切磋书法，纵横文事，担当国事，多好。人不能选择时代，但既然鲁迅喜欢魏晋，郭沫若向往战国，郁达夫“伤悼”自己何以不生在明末，我也就胡乱“假如”了。

张恩和先生出生于 20 世纪 30 年代。置身于大变动的时世，他经历了须经历的，承担了该承担的，承受了不得不承受的。

文人学者易自恋成癖，易醉于精英幻觉，易高估自己的重要性，张先生不是这样的，他不端、不装。他没把自己当个人物，我也没把他当个人物来写。张先生逝世后，洁宇邀我作文。我写此文，是和洁宇一起缅怀张先生，交流对他的理解。但我惶惑、忐忑：谁能理解谁呢？与张先生仅有两事之缘的我只能谈谈对他的侧面印象和浮面印象，并涉及了一些直接相关或间接相关的事。

◇ 作者简介 ◇

刘纳，1944 年生于北京，1966 年毕业于北京师范学院中文系，1981 年毕业于中国社会科学院，获硕士学位。曾任中国社会科学院文学所研究员，中国社会科学院研究生院教授、博士生导师，2000 年任吉林大学文学院教授，2002 年起任华南师范大学文学院教授。主要著作有《颠踬窄路行》《诗：激情与策略》《嬗变——辛亥革命时期至五四时期的中国文学》《创造社与泰东图书局》《从五四走来》等。

等，点缀着我们青灰色的中学岁月。那时我们还不会用一本漂亮的笔记本抄歌词，也不会疯狂地收集歌星的照片，更不会像侦探一样地去追星，因为每一首歌都装在心里，刻在脑海里。

大一时的暑假，我通过收音机收听了来自台湾的校园歌曲：《外婆的澎湖湾》《赤足走在田埂上》《兰花草》《龙的传人》，等等，歌曲强烈地冲击了我的耳膜；真切地感受到了一种流行音乐的俗世情怀与全新的审美愉悦：唱歌其实是一件非常普通的生命行为，唱你身边的事，抒发你心底最真实的感情，用最自然、最舒服的嗓音；台湾校园歌曲以她的清新和简洁让我们今天还记忆犹新，那些对大海的憧憬和向往，那种似乎陌生而又熟悉的青草的味道与润泽，那些无法言说的书生意气和青春骚动，一直激动我心。当我暑假结束回到校园时，发现宿舍里增加了几把吉他，校园里吉他学习班的广告也开始走红。

我永远也忘不了，听见张明敏在 1984 年的春节联欢晚会上演唱《我的中国心》的时候所感受到的冲击和震撼：原来唱歌也不必字正腔圆气宇轩昂，普通话都说不标准，嗓子也完全与“天籁之音”毫无关系的张明敏，硬是凭着一首《我的中国心》轰动全国，成为 20 世纪 80 年代最流行的歌曲之一。这说明了流行歌曲的文化魅力在于人性的抒发与张扬，就算是非情歌的爱国题材的歌曲，也可以唱入人心，自然而真切。李谷一演唱的《难忘今宵》也是 1984 年春晚歌曲，这一个“今宵”就一直陪伴到我们至今。

在某一个夏日的夜晚，校园爱情悄然而至。那时空气里飘满了一种渴望和羞涩的激情，心里面有无数的诱惑的念头在交战，也许就是初恋的味道吧？当我们发现你对她或她对他开始互相逃避对方的眼光的时候，我们就听到了罗大佑的那首《是否》：“是否，这次我已真的离开你，是否，泪水已干不再流，是否，应验了我曾说的那句话，情到深处人孤独。”大学里的恋爱往往以失败告终，于是情歌在青年学子中永远有市场；我记得，当我听到和唱着《恋曲1980》的时候，也即将是我毕业的时候了。每一首歌都有无数个动人的心情故事，每一个故事都有一些凄美或优雅的旋律在心头回响，每一次回响都让我们心醉、心疼或心酸……

三十多年的回眸，一切都还是那么清晰，仿佛昨天就在眼前，旋转的舞步依然轻盈，挥手的身影依然美丽；我为自己依然热爱音乐和文字而感到幸运，也祈求命运能让我在自己选择的这条道路上继续走下去；我知道，我的许多同学毕业后的生活历尽坎坷饱经沧桑，我也真心地祈求，我们经沧桑过滤后的人生还保有一份纯净的生命感觉。三十多年了，很想再见到老同学们，一起再喝喝啤酒，一起再聊聊天；我想起曾和我签约的从校园走出来的创作歌手小村有一首歌叫《别来无恙》：“是否别来无恙，世界已多变化，是否还留着那把破吉他；是否别来无恙，世界已多变化，真想听听你现在的想法。还记得吗，年少时候，我们有过的计划，还记得吗，年少时候，我们说过的傻话？”真的，他唱出了我的心里话。对了，小村老弟，你现在在哪里呢？

二

三十六年过去了，真是恍如隔世啊。我看着上面自己写下的文字，还依然有一股青春的真气流注其中，真好！2006 年的 2 月 24 日，我已经从广州漂流到了北京，我去了西单图书中心闲逛，买了一套 CD——《梁弘志：爱与歌纪念专辑》，自然而然，我又听到了《请跟我来》，这首永远不会忘记的歌曲，它让我再次回想起了自己的青春往事。

我记得三十多年前的华南师范大学，在现在文科教学大楼的地方，是一个硕大无比的叫“风雨操场”的简易建筑物，我们在里面开全校大会，打篮球，练体操，“风雨操场”留下我们不少美好的青春回忆。我记得我参加的第一场舞会就是在“风雨操场”上举行的：大家战战兢兢，你看我我看你，谁也不敢第一个上场跳；音乐过了一半了，才有几对男和男、女和女的在跳；慢慢地，“群魔”才开始“乱舞”起来。忽然间，我听到了一个陌生的声音唱起了一首粤语流行歌曲《星》：“闭起双眼睛心中感觉清静，再张开眼睛怕观望前程；夜冷风更清这一片荒野地，沿途是歧路我方向未能明……”歌声响处，仿佛仙音渺渺，歌手素朴沉静，真挚纯洁，把我看得眼神迷离手足无措；忙问这是何方神圣？答曰外语系的一名教师，这就是我近距离看见的第一名歌星！当她继续唱“啊……星光引路风之语轻轻听，带着热情我要找理想理想是和平，寻梦而去哪怕走崎岖险径”时，我基本上已经晕倒了。全场的人为之鼓掌，掌声雷动！这天晚上我觉得外语系的所有女孩都是那么可爱、那么美丽！更要命的是，她还和一个男生唱起了《请跟我来》，这一下我对他们的崇拜之情真如珠江之水滔滔不绝啊！我当时看着唱歌的她，第一次感受到了歌唱的魅力和美丽，舞会的气氛因为她的演唱而愈益温柔迷狂起来。

我到处找《请跟我来》这首歌曲，终于知道它是出自梁弘志先生的手笔，是电影《搭错车》的插曲；演唱者是苏芮和一个有着非常拗口的名字的男歌手“虞戡平”。我真的很感激梁弘志先生，可以说，1983 年出版的《请跟我来》是我们这一代人流行音乐的最有营养的启蒙教材啊；而且，这也是中国流行音乐史上最重要的作品之一，何谓经典，这就是了。“当春雨飘呀飘地飘在你滴也滴不完的发梢”，一飘就飘了三十多年啊！在我们这一代人的心灵深处，我相信还会继续飘下去的，只不过，那美丽的“发梢”又在哪里呢？风雨操场，一去不返；鲜花盛开，菁菁校园，歌声响处，青春依旧。

正是从《请跟我来》以及《是否》《未来的主人翁》等歌曲开始，我关注起歌曲背后的创作人的故事。关于罗大佑，我写过一篇长达万字的聆听历程，收入我编写的书籍《罗大佑：恋曲 2000》一书中。

歌曲创作必须与时代风潮、与历史语境、与人内心深处的情感波澜、与人性在悲欢离合的生命历程中的波澜沉陷紧密融合，才能创作出“大时代”的流行曲。后来我自己创作的《你在他乡还好吗》《潮湿的心》等歌曲也是如此啊。这些歌词都成为一个时期的流行语，成为一个时代的文化记忆与符号，让很多人听过后就难以忘怀。比如广州的许多楼盘，当时就是用这个问候语来做广告的：“你在他乡还好吗，给你一个五星级的家”，也有用我的这句歌词送给各种亲朋好友的，我都不介意，如果这句话让你找到一个温馨的家，也是一件好事吧。

1987 年，我参加“广东省讲师团”在海南岛的琼台师范学校支教，在这个师范学校小小的宿舍里，写下了我平生第一首歌词。因为那天晚上我听到了梁弘志先生的第二首打动我心的歌曲《读你》。我记得我听到的是费翔演唱的版本，那一年费翔用他那“一把火”烧遍了中华大地，这首《读你》同样红遍全国。我在骄阳似火、从早到晚炎热无比的海南岛上无数次听《读你》，“读你千遍也不厌倦，读你的感觉像春天，喜悦的经典，美丽的句点……”，真的感受到春风的妩媚、春风的清凉，最妙的是那句“你的一切移动，左右我的视线，你是我的诗篇，读你千遍也不厌倦，读你千遍也不厌倦，读你千遍也不厌倦，读你”。什么是“一切移动”？实在是有点莫名其妙！可是实在是美啊！管不了那么多了。我记得当时有一个进修的男生，天天抱着一把吉他唱歌，其中就有这首《读你》，不知道这哥们后来怎么样了。也应该找到一个让他读的女孩了吧？我做梦也想不到的是，过了四年，我因为机缘巧合，居然进入了把费翔引进中国的当时最大的唱片公司——太平洋影音公司，我对帮费翔录音的音乐制作人吕毅文先生说：“谢谢你的费翔，一首《读你》陪我度过了炎热的海南岛生活，也启蒙了我，让我开始自己的创作历程。”他当时一定也是莫名其妙吧？

1988年，我回到广州。从电视上看到一个惊为天人的歌手：陈汝佳。有些人，见一次，就无法忘怀；有些声音，听一次，就让人入迷；有些歌啊听几首，就泪落如雨刻骨铭心，能把这二者结合起来的人，就是歌手中的歌手，明星中的明星，这个人，就是陈汝佳。我后来和陈汝佳有过几次交往，他演唱的齐秦创作的歌曲《外面的世界》和《大约在冬季》完全开辟了华语流行音乐的一个新路径：城市情歌开始深入人心。我之所以特别要提到陈汝佳，还因为我们俩拥有同一个日子——生于1964年2月1日，水瓶座。

陈汝佳是广东歌坛第一个具备全国意义的巨星级歌手：他以忧郁到骨子里的个人气质，让人过目难忘；再加上强烈的个人演唱风格亮相歌坛：嗓音既低沉磁性，又松弛明亮，以声带情，情感蕴藉于歌声中；再加上眼神忧郁，话语轻柔；女声可唱徐小凤，厚重温柔，如水情深；男声更是国粤语左右开弓，真假声虚实结合；舞台气质优雅高贵，内心的情感汹涌澎湃却又波澜不惊；让人一曲听罢，极容易陷入他的歌声中，欲罢不能。他的长相也是典型的广东帅哥：

20 世纪 80 年代末的当时，他演出时留着飞机头，右侧还染着一缕银色头发、忧郁深凹的眼睛、两道浓密的剑眉、轮廓分明线条明晰清隽，在舞台上确实可以风靡万千听众。——之所以我要浓墨重彩地写陈汝佳，是因为斯人已逝，而我却没有和他合作过歌曲，此乃青春时代最大的遗憾之一。

1988 年的大街上还开始流行一个沧桑而内蕴、沙哑而温柔、孤独而寂寞、深情而悠长的声音——一个叫“姜育恒”的韩裔歌手正风靡全国，与齐秦、王杰等歌手一起，形成新一轮的歌坛“台风”，来势迅猛。《驿动的心》非常适时地填补了当时中国大陆歌坛“西北风”刮过后留下的歌曲欣赏的心理空白：怀旧的、温情的、乡愁的、安慰的情感诉求，一下子俘获了无数人的心灵。这首歌曲在中国香港还有一个版本是叶倩文唱的，叫《祝福》，一样是风靡中国香港的大街小巷，就是因为她在此基础上加进了“祝福”的含义；那么，作者梁弘志先生又是怎么看的呢？“这首歌传唱了很多年，也一直是卡拉 OK 传唱率很高的歌，尤其到了海外面对侨胞演唱时，总会见到许多伤怀拭泪的人：那是疲惫的心和思念家的眼泪。多少浪子能够回头？而一转身是过了多少年？信仰和生活的路上，我们都曾叛逆或迷途，他总是不放弃地点着灯等我们回家，并用宽容和爱为我们洗涤尘埃。”一个人有坚定的信仰，心灵是非常充实美满的，梁弘志先生用他的歌曲，为我们点亮了回家的路。

三

1992年的广州，潮湿而闷热的初夏即将来临。我已经从星海音乐学院借调到中国唱片广州公司工作。我像往常那样回到位于广州沙河顶水荫四横路的中唱广州公司的办公室，开始了我繁忙而有序的唱片企划工作。忽然有一个陌生的电话打到办公室来，一个东北口音自称是李春波的人给我来电，说他是一个乐手，也是一个创作歌手，听说我推新歌手很有一套，希望我过去听听他做的一盒新的磁带——“村里有个姑娘叫小芳，长得好看又善良，一双美丽的大眼睛，辫子粗又长……”，歌声从录音机里传出来的时候，我几乎是立即感受到一种新颖的流行歌曲诞生了：就是后来红遍中国大地的歌曲《小芳》。其实正是从企划李春波和他的《小芳》《一封家书》开始，我彻底走向了我的流行音乐职业生涯的“辉煌”旅程：其后我开始与陈小奇先生一起，创办了中国国企唱片公司的第一个企划部，开始了中国原创歌手的签约制作工作，而一批批出自我们之手的原创流行歌曲如《涛声依旧》《弯弯的月亮》《一个真实的故事》《牵挂你的人是我》《你在他乡还好吗》，等等，开始从广州起飞，流传中国的大江南北，“岭南制造”的流行音乐，形成了20世纪90年代的一个热潮，余波久久不息。

我忘不了三十年前的那个夜晚，当时暂时在广州歌舞团担任独唱歌手的、孑然一身漂泊到广州的歌手李进，站在沙河顶星海音乐学院的大门口和我聊天的情景。他原来是四川汶川（就是若干年后大地震震惊世人的那个小县城）的一名中学化学老师，因为酷爱唱歌，辞职后漂到北京，求学于付林老师门下，逐渐累积起关于音乐的丰富知识。听说广州有机会，于是毅然南下，终于找到“组织”，渴望成功。我们一起分析了当时的音乐形势和发展趋势，决定以“漂泊”为主题，打造他的首张专辑。

我写作《你在他乡还好吗》时，并没有针对歌手“光头李进”来写，我是写给一个出国的朋友的，我希望用一个爱情故事来表达一种生命的问候。歌曲写完后，给过两个歌手都遭到退稿，我遇到李进时，他除了一副好嗓子外一无所有，然而他漂泊的流浪歌手的背景和大学毕业当过几年老师的口才，对人生的理解和感悟，都证明他是一个为这首歌曲而生的人。他为演唱这首歌曲的准备工作做得自然、到位，演唱的感情丰沛，真情流露，使歌曲一炮而红就是理所当然的事了。我记得为《你在他乡还好吗》录音的时候，有位退过我的稿的歌手刚好在场，他惊异不已！为什么这首他没有看上的歌曲会如此好听如此感人？因为他没有这样的眼光，没有这样的洞察力，好歌曲在他眼里当然一钱不值了。光头李进凭《你在他乡还好吗》获得无数荣誉的同时，这首歌曲也给他的一生带来永远的收益。这就是歌曲和人的命运。所谓天赐良机，您不得不服。

在一本由郑魁训先生编著的《大陆流行音乐百佳专辑》的书里，

这样评价《你在他乡还好吗》专辑：整张专辑细致刻画了出门人的感觉和游子的心境。光头李进的演唱，既具摇滚的激情，又不乏温暖和含蓄，抒情中展示力度，温暖中透出冷漠，具有很强的感染力。主打歌《你在他乡还好吗》由李广平和杨虹创作，通过一个凄婉动人、迷幻如梦的爱情故事，表达了现代人在变化的人生岁月里的感情脆弱性和易变性，同时对人生的无奈和命运的不可捉摸，表达了深切而诚挚的关怀和理解。这首歌让每一个身处异地的人都可以找到一个契机和一个感情的宣泄点，光头李进的演唱豪气干云，每一个听到这首歌的人都被他歌声中的一览无余的诚挚的感染力所震撼。《你在他乡还好吗》获得中央人民广播电台“94 年中国十大金曲”及“93 年广东第七届创作歌曲大赛十大金曲”等奖项，受到成千上万“出门寻梦人”和“打工一族”的喜爱。

四

2004 年冬季的某一天，我在上海的音乐朋友聂钧先生来到广州，要我代为购买一批大陆流行歌曲的版权在台湾的一种机器中使用。我很乐意做这种事情。聂钧来了，我们在宾馆的咖啡厅见面喝咖啡；同他一起来的一位儒雅、文气的中年人，聂钧叫他曹老师。我一开始没听清楚，再问，答曰：“他是台湾的音乐人曹俊鸿”。我大吃一惊，哦，原来，他就是和梁弘志先生一起，写过大量歌曲的曹俊鸿！据说曹俊鸿先生前几年大病过一场，神情确实有点萎靡，说话慢条斯理，但不改其儒雅的文人气质。回到家，我把苏芮、张清芳唱过的曹俊鸿先生的许多作品再听一遍，感到无比的亲切。

更早一些时候，我还幸会了林秋离和熊美龄夫妇，他们的《哭砂》《谢谢你的爱》《找一个字代替》《新感情旧回忆》等歌曲都为我所热爱，他们也是台湾“民歌”时代的代表性作家。他们的歌曲，也是我们大学和刚毕业时风靡一时的佳作。我对他们这一批台湾音乐人作品的熟悉，让他们都感到惊讶。我觉得，他们都是一批有着强烈文化关怀感的优秀作家，他们对中国歌词的精雕细琢，提高了中国流行音乐的文化品位。

上面那些名字，和罗大佑、侯德健、李宗盛等名字一起，构成了台湾流行乐坛的灿烂星空；可以说，他们的歌曲影响了我们这批 20 世纪 60 年代和 70 年代出生的文艺青年的艺术品位的养成和艺术视野的形成，我的大学四年，就是在他们的歌声中度过的。如果说罗大佑、侯德健是思辨型的、攻击型的，梁弘志们就是情感型的、涓涓细流型的；是啊，罗大佑在谈到梁弘志之死时，也伤感地说：“只是，弘志，告诉我至今还有谁能写出歌词像‘但愿那海风再起，只为那浪花的手，恰似你的温柔’！”《恰似你的温柔》真是一首奇异的歌曲，有一种骨子里的忧郁伤感的气质，我想，这是很贴近梁弘志本人气质的歌曲：“某年某月的某一天，就像一张破碎的脸，难以开口道再见，就让一切走远……”这种比喻，这种旋律，就是天才，又有几人能为？要知道，写这首歌曲的时候，梁弘志只有十七八岁，写《请跟我来》时二十三岁，实在是早熟的天才型作家。

2004 年 10 月 30 日，令人哀伤的消息传来，梁弘志先生不敌癌魔摧残，于凌晨 3 时 30 分去世，终年四十七岁（当时报道都说是四十四岁，让人更加伤感）。此时距传出梁罹患胰脏癌的消息不到四个月。一朵音乐的奇葩凋落了，我反复听着《请跟我来》，泪水随歌声一起流淌，却发现我的青春是真正地在渐渐远行了，别了，我的大学，别了，一代人的青春与歌声！我觉得我虽然不认识梁弘志先生，但他深情而隽永的歌曲，将永远吟唱在我心深处；我记得 1989 年他为谭咏麟写的《像我这样的朋友》中说过："风雨的街头，招牌能够挂多久，爱过的老歌，你能记得的有几首……越来越多的包袱，不能丢的是朋友，当你陷入绝望中，记得最后还有，像我这样的朋友！"这是一首能让人感受到心灵的体温的歌曲，细腻地、温婉地抚慰着我们在俗世红尘中飘荡的灵魂。

五

2003 年 2 月 18 日，罗大佑广州演唱会在天河体育场举行。那时正是"非典"横行的最为紧张的日子，我和我的学生骈军一起，唱了一个晚上的大佑过去的歌曲，口沫横飞，全然不怕"非典"的细菌侵袭（骈军是我极为推崇的优秀歌手，却于 2004 年死于意外事件，我有知音远走他乡的感觉）。那天票房不太好，我记得我还给主办这场演唱会的朋友朱德荣先生发短信说：“你做了一件了不起的大好事，广州人民会感谢你的。”我在那年还编了《罗大佑：恋曲 2000》这本书，算是为我的青春在歌声中有了一个了结。如今，朱德荣大哥也已经远行天国，给我们留下一杯美好的《九月九的酒》，今日想起，倍感伤怀。

因为“非典”，梁弘志在去世前写下了《距离让我们心更靠近》这首歌。歌中唱到“关不住的是思念，我心在你那边，关不住的是关怀，我爱无可取代，纵然有苦有泪要坚定，黑夜就会过去，距离让我们心更靠近，希望也更靠近……”梁弘志先生胸怀大爱，无所畏惧，他说“绝望是人与人之间最大的距离”，真是一语中的！他说：“只要能心系彼此，付出关怀，再远的异域都能感受到温暖。”去世前，他感谢父母浓浓的爱，家人细心的照顾，感谢朋友无尽的关怀，感谢众多人爱他，为他强烈、深切地祈祷。有如此爱心的人，在天国一定会被天父所关爱，他也一定会在天堂里寻找到他灵魂的安息地的。愿梁弘志先生安息天国，相信他的优美旋律，会永远回荡在我们的心里。

2022 年 5 月 27 日，六十七岁的罗大佑在微信视频号举办了自己的线上演唱会，四千万人在这个晚上陪他一起在歌声中寻觅自己的青春时光。看着花白头发的他依旧在奋力演唱，我忽然有点悲从中来，那个“黑衣斗士”的罗大佑，那个摇滚战士的罗大佑，已经随着他精心挑选的温柔的歌曲和瘦削的背影渐行渐远。我也在他的歌声中，在疫情的压抑氛围中，看见了我的青春最初的模样：那些刻骨铭心的熟悉的旋律，那些雕塑了我心灵的沟沟壑壑的歌词，也在泪水模糊的歌声中渐行渐远。

六

现在是 2022 年的 6 月，初夏的北京常常晴空万里，蓝得不真实的天空让人恍惚。北上京城的我在北京度过了十七年的光阴，我深深地感激这个城市带给我的宏阔视野和丰美的创作激情。我完全没有感觉到任何力衰体弱的现象，反而感觉自己的中年人生更少俗虑，更多沉稳、成熟、沉毅、刚健的思考，创作上也进入了新的慢工细活的阶段。

我是因为女儿读书于 2005 年北上北京的。想不到才年过不惑，就成了陪读父母。当然我也很感谢命运的眷顾，女儿李思琳不仅在 2007 年以第一名的成绩考入中央音乐学院附中作曲系，2012 年高中未毕业就被美国耶鲁大学以全额奖学金提前录取，成为我们家族第一个“藤校学生”。她的青春时光，同样铺满了美丽的音符：她于 2013 年出版了由她自己作词作曲演唱的歌曲专辑《单纯时刻》，在她自己的歌声中，完成了生命的跨越：“关上一扇门打开一扇窗，你会忽然看见另一道光；上天多爱你相信有盼望，风雨过后彩虹在前方。关上一扇门打开一扇窗，生命还有更多精彩乐章；亲人多爱你勇敢向前闯，掌声过后还有更多辉煌。”她的青春歌声里，是艾薇儿、滨崎步、周杰伦、飞儿乐团漂洋过海而来的欢欣与激荡。

2022年的这个夏天，我女儿李思琳在获得耶鲁大学的国际关系专业学士学位四年后，又获得哈佛大学科技创新与教育专业的硕士研究生学位。看着她在大洋彼岸生机勃勃青春洋溢的脸庞，看着她在耶鲁校园和哈佛校园以及海外游学时丰富多彩画风斑斓的求学画面，看着她被上天眷顾的佳美的人生之路，以及坚实有力向前飞翔的背影，才会突然意识到自己已经过知天命的年纪，进入生命的成熟期。虽然因为职业的关系我也会听王菲、听周杰伦、听蔡依林、听陈奕迅，但我喜欢的是《东风破》《发如雪》《千里之外》等有着浓郁古典情怀和古典意象的歌曲；我想，没有方文山的文笔，绝对不会有周杰伦的巨大成功。所以，想成为一代人的音乐文化偶像，如果不是像罗大佑、侯德健、梁弘志、李宗盛这些作词、作曲集于一身，是不可能的事。

我很庆幸，我的青春生命中，有邓丽君、罗大佑、崔健、李宗盛、许冠杰、谭咏麟、张国荣、鲍勃•迪伦、保罗•西蒙的歌声伴随；我也和陈小奇、李海鹰、毕晓世、兰斋等广东优秀的音乐人一起，开创了岭南流行音乐的新生代，创作出一批能够在中国原创流行音乐史上留名的歌曲作品。我也很庆幸我进入了歌词创作领域，进入了中国大陆最早一批制作自己的原创歌手的唱片行业，回首看见自己的生命足迹由音符和文字铺成，就会深深感慨生命如歌这句话是多么富有诗意。歌词是生命另一种诗，同样具备文学的深刻和生命的丰富意蕴，2016 年的诺贝尔文学奖，就以“在伟大的美国民谣传统中创造出新的诗歌意境”而授予美国民歌歌手鲍勃·迪伦。

我最近这些年来除了重读一些经典著作外，都是反复研读那些写下了饱经沧桑的血泪人生，写下了自己丰富深切的生命悲欣交集的作品，比如巫宁坤先生的《一滴泪》（我还去华盛顿拜访了时年九十六岁的巫老）、高尔泰先生的《寻找家园》、齐邦媛先生的《巨流河》、布罗茨基的《悲伤与理智》等书籍；章诒和先生的《往事并不如烟》，记录了中国一代大知识分子在中国变革年代的心路历程，精准的对话描述，对中国文化和中国政治的恰到好处的分析都让我着迷。我一读再读，从不动声色中读出大悲愤，从平静的溪流中读出生命波涛汹涌的大河；我希望自己的歌词写作进一步提升，能够像他们的文字一样，成为一代中国人心灵的写照，能够把生命中那些滚烫与冷静、尖锐与敏感、梦幻与现实、愤怒与哀痛、困惑与寻找的历程都记录下来，成为宽阔丰富的生命之歌。

紫薇花开不败，歌声记忆满怀。听歌吗？当然，每天都听的，感动我的，老歌居多，在一片温馨弥漫的歌曲氛围里，我看到了一代人的青春在飞逝，那背影是多么的熟悉，多么的亲切，因为那里面也有我的青春，我的歌声。

附录：李广平歌词代表作三首

1.《你在他乡还好吗》

再次握住你的手说声再见，
就在那个下雨的星期天；
我送你离开故乡，
因为雨我们听不见彼此心里的哀怨。
该说的话已说过千遍万遍，
无法说出的感觉飘在雨里面；
当泪水模糊视线，我发现你已不见，
让冷雨淋湿我的思念。
你在他乡还好吗，
可有泪水打湿双眼；
你在他乡还好吗，
是否想过靠着我的双肩；
你那不再熟悉的笑容，
对我可是一种敷衍；
手中握着你的照片，

我真的感到你很遥远。
你在他乡还好吗，
是否还会想起从前，
你在他乡还好吗，
是否已经有了太多改变；
电话那头习惯的问候，
对我可是一种敷衍，
手中握着你的信笺，
我无法握住彼此的明天。
啊……啊……啊……你好吗，
啊……啊……啊……你好吗，
你好吗你好吗今天你好吗。

2.《潮湿的心》

是什么淋湿了我的眼睛，
看不清你远去的背影；
是什么冰冷了我的心情，
握不住你从前的温馨。
是雨声喧哗了我的安宁，
听不清自己哭泣的声音；

是雨伞美丽了城市的风景，

留不住身边匆忙的爱情。

谁能用爱烘干我这颗潮湿的心，

给我一声问候一点温情；

谁能用心感受我这份滴水的痴情，

给我一片晴空一声叮咛。

3.《乡愁大理》

碧波荡漾白云悠悠，

洱海边有我最美的守候；

清风习习苍山水流，

山茶花盛开如母亲的衣袖。

蝴蝶泉边歌声悠悠，

洱海月照苍山雪也娇羞；

清风习习风吹花走，

风花雪月化作最美的乡愁。

记住乡愁记住洱海的温柔，

让她永远清澈如妈妈的眼眸；

记住乡愁记住苍山的俊秀，

让他永远坚强如爸爸的双手。

记住乡愁记住洱海的清幽，
让她永远纯真如妈妈的问候；
记住乡愁记住苍山的美酒，
让他永远香飘四季温暖胸口。
记住乡愁记住洱海的问候。

◇ 作者简介 ◇

李广平，知名流行音乐制作人、词作家、音乐企划与推广专家。1964 年生于广东省韶关市乳源瑶族自治县。1982 年考入华南师范大学中文系。曾获“1996 年中国流行歌坛杰出音乐人成就奖”“第五届华语音乐传媒大奖：华语乐坛特别贡献奖”“广东流行音乐 30 年音乐人杰出贡献奖”等专业奖项；代表作有《你在他乡还好吗》《潮湿的心》等。出版《抵达内心的歌谣》《改革开放与广东流行音乐 40 年》等多种音乐评论书籍。

自然审美的思考

刘慧姝

大自然之美浑然天成，千姿百态，既有参天屹立的森林古柏，又有辽阔苍茫的青青草原；有奔腾不息的大江长河，也有巨浪滔天的无垠大海；有浩瀚深邃的广袤星空，也有如染似画的溪流草甸；更有庄严神秘的巍峨雪山。自然美以其鲜明的色彩、绚烂的形象、丰富的造型感染着欣赏者。自然之美因人类的观照欣赏而生成，自然审美源于人类的置身其中、积极参与。人类在欣赏自然景观之时，常常将大自然拟人化，进行各种心灵的生存交流，在人类主体与准主体的大自然互动关系中产生了自然之美，让人类领悟到人生、历史与宇宙的本真之理。

自然审美是人类文艺创作的重要来源。在文艺作品中，自然往往成为人类活动的见证人、对话人、知己、镜像自我等。钟嵘的《诗品》：“气之动物，物之感人，故摇荡性情，行诸舞咏。”“若乃春风春鸟，秋月秋蝉，夏云暑雨，冬月祁寒，斯四候之感诸诗者也。”自然界的四时景色触动、感召了诗人的情感与襟怀，从而产生了创作的动机，构思出情景交融的艺术境界。自然之美的生成体现了天人的生命同构与交融，中国古代诗歌所描绘的自然都是情景合一，虚实相生，韵味无穷的。如《诗经·小雅·采薇》的“昔我往矣，杨柳依依；今我来思，雨雪霏霏”。司空图的《二十四诗品》将诗歌的风格分成二十四种，其中的《典雅》：“玉壶买春，赏雨茆屋。坐中佳士，左右修竹。白云初晴，幽鸟相逐。眠琴绿阴，上有飞瀑。落花无言，人淡如菊。书之岁华，其曰可读。”优美的画面氤氲高雅之格调：美玉雕制之壶载酒游春，在质朴天然的茅屋中赏雨。座中有高雅的名士，两边是秀雅挺直的翠竹。雨过初晴，湛蓝清澈的天空白云飘动，深谷的群鸟相互追逐。翠绿的树荫之下，雅士倚靠古琴静然安卧，山顶之上有瀑布倾泻而下，飞溅晶莹如玉的水珠。随风飘落的花瓣轻盈润地，寂然无声；幽居之人气韵恬淡，宛若清幽淡雅的秋菊。自然的娴雅景致与名士幽人的高雅气韵，相互映衬融合，形成浑然一体的画卷，无不优雅脱俗，韵味悠远，生动契合了典雅的风格。

自然审美象征着人类的道德品质与美好精神。人们运用伦理道德或精神品格来观照自然物的形象，赋予自然物各种高尚的品德。《论语·雍也》：“知者乐水，仁者乐山。”《朱子集注》云：“知者达于事理而周流无滞，有似于水，故乐水；仁者安于义理而厚重不迁，有似于山，故乐山。”智者喜爱水，如水一样流动不息，通达事理；仁者爱好山，安于仁道，如山一般安稳厚重。山水象征了君子的人格美德，梅兰竹菊等也一直是国人风骨的象征。《爱莲说》赞美莲花出淤泥而不染，濯清涟而不妖，犹如士君子的高洁品质。在梭罗看来，大自然是精神的象征，更接近真善美。《瓦尔登湖》写道："太阳、风雨、夏日、冬日，大自然的天真和慈善无以言说，它们永远都是我们健康的元素、欢乐的源泉！"人类的纯净力量来源于自然，人的灵性在大自然中得以净化、更新与提升。正如梭罗所言："在自然界永恒的宁静中，人又发现了自我。"自然的美好品性激励着人类去探索宇宙人生的真谛。梭罗到湖边去正是为了"想过一种经过省察的生活，去面对人生最本质的问题，看看是否有东西是生活必须教给我而我却没能领悟到的"。他要去追问什么是真正的生活，人生如何度过才真有意义，人如何发现和塑造真正的自我。淳朴的自然让梭罗思考人生：人应该抛弃不必要的奢侈品和舒适的东西，将自己的生活简单化，去追求一种"简单、独立、高尚和信任的生活"。简单的生活会带来精神世界的富足与快乐，它让人们回归本真，实现真正的自我。

自然审美可观照天地，领悟宇宙的妙理。冯友兰将人生境界分为四种：自然境界仅按照本能或社会习俗做事；功利境界做各种事的动机是利己；道德境界以服务社会为目的，做事具有道德意义；天地境界自觉地为宇宙利益做事。天地境界展现了博大的宇宙精神，它是人类心灵修养的最高境界。儒家以天地作为人格伦理修养达到的最高境界。孟子提出：“我善养吾浩然之气”，“其为气也，至大至刚，以直养而无害，则充塞天地之间”。宋儒张载树立了士大夫的最高理想：“为天地立心，为生民立命，为往圣继绝学，为万世开太平。”道家的老庄主张观照天地万物，冥契道的至理。《道德经·十六章》：“致虚极，守静笃，万物并作，吾以观复。夫物芸芸，各复归其根。”《庄子·知北游》：“天地有大美而不言，四时有明法而不议，万物有成理而不说。圣人者，原天地之美而达万物之理。是故至人无为，大圣不作，观于天地之谓也。”“天地之美”体现了大道的自然本性，内蕴道之德性，天地万物的条理。魏晋时期宗炳《画山水序》：“山水以形媚道”“质有而趣灵”，提出自然山水中蕴含深邃的玄学之道。佛学更是借观照天地万物，示现对佛性智慧的证悟。唐代永嘉禅师《证道歌》云：“一性圆通一切性，一法遍含一切法。一月普现一切水，一切水月一月摄；诸佛法身入我性，我性同共如来合。”北宋佛学典籍《祖庭事苑卷五》亦云：“青青翠竹，尽是法身；郁郁黄花，无非般若。”

从古至今，天人合一的自然审美隽永而悠远，彰显了人类与自然的生态和谐关系。工业革命以来，科技的飞速发展极大提高了社会生产力，推动了人类物质文明的发展。人类支配自然、奴役自然，破坏了与自然的亲和关系，急剧增加了人与自然的矛盾。尽管人类发展进入了空前繁荣的时代，但也付出了惨痛的代价。海德格尔“诗意地栖居”批判的正是人类“技术地栖居”。人类中心主义的肆意妄为已然摧毁了大地，大量物种濒临灭绝，自然资源将近耗竭，环境污染加剧，生态灾害持续，全球疫情肆虐。正如公益短片《大自然在说话》传达的自然母亲的声音："我并不需要人类，人类却离不开我，是的，你们的未来取决于我。如果我繁盛，你们也将繁盛；如果我衰败，你们也会衰败。"人类并非主宰大自然的主人，仅是生存在大自然之内，只是地球的一员。生态环境的恶化一再警示人类深入反思：人类应如何对待自然？人类与自然的真正关系是什么？人类的活动与大自然的变化息息相关，人类的文化立场亟须改变，才能修复饱受摧残的自然，以挽救日益恶化的生态危机。

疫情防控期间的大自然发生了巨大的变化。空气变得清新自然，水质更加纯粹干净，动物们以人们几十年都未见过的规模繁衍生息。各种濒危的动物获得更安定的生活空间，幼崽的生存率升高了，成长更为茁壮健康。法国生态思想家阿尔贝特·史怀泽曾探索人类的伦理文化，认为只有人与人关系的伦理学是不完整的，应拓展人类原有的伦理关系，让人类与大自然的生物发生联系，真正去关心、救助与保护它们，从而形成一种敬畏生命的伦理学。这种伦理学使人类与宇宙建立了一种精神关系，"我们由此而体验到的内心生活，给予我们创造一种精神的、伦理的、文化的意志与能力，这种文化将使我们以一种比过去更高的方式生存和活动于世"。

中国传统天人合一的思想，中国的生态美学，西方当代生态思想与环境批评，启发了人类以整体生态观对待人与自然的关系，人类与自然同为一体，紧密关联，休戚与共。只有改变人类中心主义的立场，坚持“万物并育而不相害，道并行而不相悖”的原则，以友好、亲和、审美的态度对待大自然，珍爱地球，维护生态平衡，才是人类可持续发展的光明进路。自然如同人类生活的镜像，千百年来映照着人类的物质活动与精神世界，它既是人类的物质来源和栖居所在，更是人类赖以生存的世界。只要人类愿意做出一些改变，敬畏生命，就能改善大地的健康，造福养育人类的地球，这是人类救赎自身的机会。善待自然，也是善待人类自己；人类如何对待自然，决定了人类未来的发展与命运。

大自然四季拥有无限的美景：春日万紫千红，鸟语花香；夏天枝繁叶茂，苍翠欲滴；秋天金风送爽，层林尽染；冬日朔风凛冽，冰魂雪魄。衷心希望自然永葆青山绿水，草长莺飞，鸢飞鱼跃，美景依旧，人类能一如既往地在大自然的家园中休憩身心、欣赏品味、抒发情怀、畅达心神、领悟至理，希望人类与自然真正成为互相信赖、互助友爱、共同成长、尽享繁华盛世的益友！

◇ 作者简介 ◇

刘慧姝，华南师范大学文学院教授，博士生导师，研究领域：文艺理论、美学和文化研究。

张爱玲的上海书写

——以《半生缘》为中心

彭依伊

在中国现代文学史的“海派文学”中，张爱玲的小说对上海这个城市着墨深刻，提供了大量细致的文本参考。而在张爱玲的众多有关上海的小说里，《半生缘》不失为一部细腻地体现出现代城市文化风貌的都市文学作品。从五四运动开始，关于“文学现代性”的议题便同时在文学创作层面与文学研究领域被不断提出。在中国传统文学观念与西方先进思潮发生碰撞与交流的年代，文学理念关于“现代性”的诠释在都市文学中得到了很好的彰显。在乡土文学蓬勃发展，构成中国现代文学中地位尤其突出的一种类型时，都市文学的生产便显得既边缘又重要——数量上似乎无法与乡土文学大潮抗衡，并非处于主流文学书写题材的位置；但其题材本身所具备的先进性、现代感与时代经验，在中国文学新旧理念交会之时，是不可忽视的一个要素，起着革故鼎新的作用。关于中国现代作家笔下描写的上海，以及这座城市所体现出的都市文学现代性，李欧梵曾如此评价：

> 运用鲜明的都市色彩，描绘出现代的生活方式……城市风貌的韵律和喧嚣。
>
> ……
>
> 一九三〇年的上海（这一“中国浪漫时代”的背景）被描写为充斥着明显的贪婪和邪恶的城市资本主义微观世界；与此同时，它又是一座富有巨大能量的城市，电力、速度以及骚动赋予它活力——这种力量足以撼动乡村的古老“化石”，使之立即消亡。[①]

上述关于上海的元素描写，为读者提供了关于这座城市的直观的阅读体验。由于20世纪三四十年代的上海相较于其他城市而言，极具现代化的科技条件、经济水平和文化氛围，许多文学作品在描写这个城市时，都会采取上述的对城市景观体现式的叙述策略。但作为都市文学的一类文本，张爱玲的《半生缘》有其非常独特的一面：文本中专门对上海的城市实景描述并不多，而是穿插于叙事场

① ［美］李欧梵：《二十世纪中国历史与文学的现代性及其问题》，载季进、王尧编《李欧梵论中国现代文学》，上海三联书店出版社，2009年版，第32—33页。

景、人物对白甚至人物生活背景中，却能够在无形之中勾勒与描写出上海这座现代都市的风味与景致。这隐隐地为《半生缘》的上海书写奠定了一种厚实的基调——所有关于上海的一切，似乎都不是明面上的直观书写，而是从人物的塑造、情节的推动发展以及意境的营造中暗涌着上海的风格。当然，众多上海标志性的视觉元素（例如霓虹灯、弄堂街道、现代化咖啡馆等）在《半生缘》中也有分散出现，但这部小说中最能体现上海城市文化、时代风貌与精神内涵的，则在于以下两种元素：一是城市中的女性人物及其悲剧命运，二是城市的日常记忆与人文情感。

人物群像作为一座城市的文化灵魂，与这座城市本身会形成一种同构性的关系。正如“人与城间的文化同构，人与城间文化气质的契合”[①]，人物在城市中生存，会被这座城市的一草一木影响自身的机遇与命运，同时又切身参与这座城市的文化。在张爱玲笔下，上海的“城与人”以及上海人的日常生活，不仅是城市风情的缩影，更是这座城市精神深处的文化认同或文化反思。这种本相关系又正好在城市景观与人物记忆的交会中呈现出一定的人文情感。从而在关于上海的文化追源、分析与内化上，提供了更多关于经验、记忆与情感的书写可能。例如，张爱玲描写《半生缘》中的女性人物，在日常生活的细节中塑造了她们迥异的形象，同时也为上海城市的

---

① 刘昱君：《“女性”上海与上海女性——张爱玲与王安忆上海书写探析》，曲阜师范大学硕士学位论文，2015 年，第 41 页。

女性的形象提供了参考。而人物形象的呈现，归根结底也是与城市文化相互影响与建构，产生“人城互动”的文化同构现象。如此，通过文本阐述，作家便将女性人物及其悲剧命运，与城市的日常记忆和人文情感联结在了一起。

一　上海女性的悲剧——顾氏姐妹

值得注意的是，张爱玲的女性经验与女性视角，为她描写《半生缘》中的两位女性人物——顾曼璐与顾曼桢，提供了更容易令人体悟的叙述。女性人物的生存困境是《半生缘》最为凄凉的特质之一。顾氏姐妹的悲剧命运背后的深度原因有二：一是经济问题导致的生存困境，二是城市现代化进程中仍存在的传统观念的影响。

即使20世纪30年代的上海已初具资本主义生产方式的条件，经济水平亦蒸蒸日上，但贫富差距依然存在。小说中，顾家作为并不富裕的上海多口家庭，顾曼璐与顾曼桢共同肩负着整个家庭经济来源的责任。然而，两位女性虽为同根生，彼此的形象、生活方式与性格却大相径庭。张爱玲在描写姐妹二人时，在人物出场时的外貌装扮上便有很明显的对比。

顾曼璐：

> 她那嗓子和无线电里的歌喉同样地尖锐刺耳，同样地娇

滴滴的，同样地声震屋瓦。……她扳住那沉重的电话簿子连连摇撼着，身体便随着那势子连连扭了两扭。她穿着一件苹果绿软缎长旗袍，倒有八成新……头发乱蓬蓬的还没梳过，脸上却已经是全部舞台化妆，红的鲜红，黑的墨黑，眼圈上抹着蓝色的油膏，远看固然是美丽的，近看便觉得面目狰狞。[1]

顾曼桢：

却有一个少女朝外坐着，穿着件淡灰色的旧羊皮大衣，她面前只有一副杯箸，饭菜还没有拿上来，她仿佛等得很无聊似的，手上戴着红绒线手套，便顺着手指缓缓地往下抹着，一直抹到手丫里，两只手指夹住一只，只管轮流地抹着。

……

她是圆圆的脸，圆中见方——也不是方，只是有轮廓就是了。蓬松的头发，很随便地披在肩上。……她的两只手抄在大衣袋里，微笑着向他点了个头。

……

她在户内也围着一条红蓝格子的小围巾，衬着深蓝布罩袍，倒像个高小女生的打扮。蓝布罩袍已经洗得绒兜兜地泛了灰白，那颜色倒有一种温雅的感觉，像一种线装书的暗蓝

① 张爱玲：《半生缘》，北京十月文艺出版社，2009年版，第14页。

色封面。[①]

曼璐与曼桢的女性形象截然不同，她们共同代表了现代上海女性多样类型的特征。从上述描写可见，相对顾曼璐而言，妹妹顾曼桢的装扮较为温雅淳朴，甚至给沈世钧一种“女学生”的感觉。这与顾曼璐的个性息息相关。顾曼璐的家庭虽然并不富裕，但她有着新上海女性敢于拼搏、独立自主的精神。对于爱情她坚持己见，对于工作亦兢兢业业。这样的女性在当时的上海属于精神上的进步群体。然而，张爱玲并未将姐妹二人同时设定为富有先进意识的都市上班族，顾曼桢能够读书并且有体面的工作，是建立在姐姐顾曼璐的“自我牺牲”之上的。

从仪态描写上可见，顾曼璐在妆容上进行过颇为精致的修饰，举手投足之间的气质风情万种，在沧桑中渗透出些许风尘气息。这样的外形与曼璐的工作身份——舞女——息息相关。在当时的上海，舞厅与娼妓行业形成了一条产业链，许多舞女不仅日常要在舞厅表演，也要从事娼妓行业。墨菲曾提到，在 1906 年上海禁娼运动失败之后，娼妓行业便处于上海经济圈中最能推动经济发展的几个行业之一，因此也成为了无法被忽视的一大城市文化现象：“就卖淫业作为一种特色而论，上海走在全世界城市的最前列……卖淫确实是上海市的一个主要行业。那么多人靠此谋生，这一事实使所有试图

① 张爱玲：《半生缘》，北京十月文艺出版社，2009 年版，第 2—5 页。

根绝和限制娼妓的努力陷于困境。”[1] 如果说妓院的存在是中国古代传统文化的延续，那么舞厅则多少包含了一些西洋文化的意味。舞女行业以中西结合的方式呈现在旧上海的都市环境中，亦非常符合当时在“西学东渐”的影响下中西交融的历史背景。这给小说中的上海都市想象，增添了不少跨文化交流的魅力。

到了《半生缘》中 20 世纪三四十年代的上海，舞厅文化已经发展得十分成熟，可谓这座都市标志性的存在之一。李欧梵曾在《上海摩登》一书中，对上海名家艺术画里体现出的城市舞女与舞厅文化作以下阐释：

> 男的或老或年轻，穿中式长袍或着西装，但女人都无一例外地穿“旗袍”。这幅肖像无意中暴露了性别歧视：女人永远是各个阶层男人的固定欲望对象，她的旗袍展示着她身体的轮廓。……作者描写那些舞女，发表评论，感叹女人肉体作为商品的魅惑力。
>
> …………
>
> 如果我们比较一下中国现代作家笔下的咖啡馆小姐和舞女，就会发现前者在亲法作家的笔下，和他们波西米亚生活的理想场景结合在一起，是很浪漫的形象；而后者却被写成

① ［美］罗兹·墨菲：《上海——现代中国的钥匙》，上海人民出版社，1986 年版，第 8 页。

是可怜的动物，尽管她们依然很魅人。

…………

这些活跃在咖啡馆、舞厅和跑马场的尤物形象……城市物质魅力的载体，也因此更加速了城市中不可避免的商品化进程。[①]

上文的论述，重点指出了当时上海舞女文化所体现出的两大都市现象。

第一个现象是都市中的性别理念。当时的上海虽然在经济贸易上较中国的其他城市更为发达，也受到西方先进思潮的影响，但在性别平等的价值观上仍未脱离中国传统男尊女卑思想的束缚。艺术创作取材于现实，上海女性（尤其是舞女）的旗袍装束在《半生缘》中顾曼璐的穿着上便能清楚地体现。张爱玲除了描写顾曼璐出场时身着“苹果绿软缎长旗袍”的浓艳装扮，还在全书中多次描写了她的其他的旗袍服饰。例如，顾曼璐在时隔多年后，在自家房子见从前的恋人张豫瑾时：

他注意到她的衣服，她今天穿这件紫色的衣服，不知道是不是偶然的。从前她有件深紫色的绸旗袍，他很喜欢她那

① ［美］李欧梵：《上海摩登——一种新都市文化在中国 1930—1945》，毛尖译，北京大学出版社，2001 年版，第 32—35 页。

件衣裳。冰心有一部小说里说到一个“紫衣的姊姊”，豫瑾有一个时期写信给她，就称她为“紫衣的姊姊”。[①]

当顾曼桢被锁在顾曼璐与祝鸿才的豪宅中，沈世钧前往此豪宅寻求顾曼璐的帮助时：

她穿着一件黑色的长旗袍，袍叉里露出水钻镶边的黑绸长裤，踏在那藕灰丝绒大地毯上面，悄无声息的走过来。世钧觉得他上次看见她的时候，好像不是这样瘦，两个眼眶都深深的陷了进去，在灯影中看去，两只眼睛简直陷成两个窟窿。脸上经过化妆，自是红红白白的，也不知怎么的，却使世钧想起“红粉骷髅”四个字……[②]

张爱玲在顾曼璐的旗袍服饰上着墨如此细致，令旗袍变成了一种符号性的文化标志。身着鲜艳旗袍的舞女，穿梭并沉醉于上海上流社会群体之间，以出卖身体的方式为舞女这个职业灌注了娼妓生态的隐喻。因此，旗袍不仅是摩登商品外在的直接的表现形式，更重要的是它承载了女性身份与职业价值的象征：“服饰描写，作为一种符号和象征物，将人物与社会、心理联系到一起，恰如其分地

① 张爱玲：《半生缘》，北京十月文艺出版社，2009年版，第113页。

② 张爱玲：《半生缘》，北京十月文艺出版社，2009年版，第187—188页。

表现了所描写人物固有的行为方式和精神人格。《半生缘》中的翠芝、曼璐、曼桢等女性角色，她们对服饰的选择显现出强烈的主观意识，透过穿着与自我身份一致的服饰为自己代言，最终达到借助服饰表明身份的目的。”[①] 当服饰与职业身份关联在一起时，上海这座都市的舞女文化便体现出男性将女性身体作为商品交易的观念，显露出女性地位之低。

李欧梵在关于上海女性服饰描写的问题中，亦有提到：“服饰的高消费不仅表明了上海城市生活的一般商品趋向，也说明了人们对某些商品的迷恋——商品似的昂首阔步的女人体，她们是男人注视和欲望的物质对象。”[②] 这便引入了当时上海的第二大都市现象——女性身体商品化与经济发展之间存在不可分割的关系。诚然，《半生缘》中的旗袍描写象征着舞女文化，舞女文化又体现出上海女性的身份阶层处于社会中的低等位置。这实质上指向了女性主体性的问题——在上海现代化的城市进程中，依然顽固地残留着传统思想物化女性、商品化女性的观念，从而使女性的身体变成被凝视的对象，失去了主体性。而这一点不仅导致了顾曼璐的家庭悲剧，也正凸显了上海现代化中的矛盾局面——经济快速发展，思想

---

① 王璟：《〈半生缘〉中服饰描写的功用》，《中国现代文学研究丛刊》2013 年第 10 期。

② ［美］李欧梵：《上海摩登——一种新都市文化在中国 1930—1945》，毛尖译，北京大学出版社，2001 年版，第 34 页。

文化观念却未能跟上步伐，传统思想与现代经济模式正以反向循环的方式发展。经济的发展并未解决贫富不均问题，陷入经济困境的女性（例如《半生缘》中的顾曼璐），为了谋生与支撑家庭，不得不踏入娼妓行业。虽然娼妓文化推动了上海经济的发展，但经济发展却未能使这座城市对女性的对待同步趋向于先进的平等观念，反而使舞女工作者受到社会的歧视与另眼看待。

其实，顾曼璐的形象虽然与中国古代的妓女相近，但也具备一定的现代性内涵。[①] 这种现代性暗示了城市现代化发展过程中，传统与现代之间复杂的碰撞关系。从表面来看，舞厅文化属于西式，对上海而言是新兴的文化，但实质上其内涵依然保留着物化女性的传统思维。顾曼璐的生存困境正体现了上海城市发展的深层问题："于是，在中国的大地上，仿佛突然形成了两种截然不同的对峙性关系和发展面貌：古老／时尚、传统／现代、封建礼教／西方文明、儒家传统／西方文化。"[②] 以上种种元素虽看似二元对立，但在城市发展的过程中却能够同时存在，不失为城市现代性的一种体现。经济的前进与思想的落后同时在 20 世纪 30 年代的上海呈现，也为这座都市书写了独特的城市内涵。可以看到，当时的上海在寻找自我发

---

① 杜成君：《论〈半生缘〉中曼璐形象的现代性内涵》，《重庆科技学院学报》2010 年第 4 期。

② 吴昕：《魂体相依鱼水相恋——张爱玲笔下上海城市形象的成因分析》，《中学教育科研》2017 年第 1—2 期。

展道路的同时，也会不自觉地陷入困惑、矛盾与挣扎。而这种碰撞，是上海作为中国较先进的几大城市之一，从古代传统中国步入现代中国社会必经的道路。对于上海的都市形象而言，过程中的挣扎与矛盾其实消解了单一性，能为这座城市的文化灌注更多丰富的内涵，也显得更加立体而厚实。

从上述论点回到顾氏姐妹的家庭悲剧，不难发现，它在很大程度上是上海传统思想无法与经济前进的脚步并肩的本因造成的。在《半生缘》中，顾曼璐无论是选择当舞女，还是选择嫁给花天酒地的有妇之夫祝鸿才，都是为了缓解家庭的经济压力，以金钱为首要目标。当顾太太在担忧顾曼璐的婚事，与顾曼璐谈到从前的恋人张豫瑾时，曼璐表示张豫瑾不会在她做舞女之后还能够接受她。因此她只能选择能为家庭提供经济援助的祝鸿才，从头至尾未曾有过自我选择的权利。而曼璐的舞女身份，不仅使她步入了不幸的婚姻，也间接导致了妹妹顾曼桢与其恋人沈世钧无法修成正果的结局。沈世钧的家庭无法接纳顾曼桢的家庭中有舞女的存在，因而导致了沈世钧与顾曼桢因为顾曼璐而负气吵架，继而失联。可以说，当时上海文化中对舞女身份的歧视思想，是造成他们二人爱情悲剧的直接因素之一。而后来，顾曼璐与祝鸿才的感情也因祝鸿才喜新厌旧、习惯在外花天酒地的性格而矛盾频发。顾曼璐为了留住祝鸿才的心（此时鸿才已倾心于顾曼桢），与其联手设计陷害了顾曼桢，将后者软禁于夫妇二人于虹桥路的豪宅。自此之后，顾曼桢与沈世钧便再没见面，直至多年后曼桢终于脱离了祝家的控制。

诚然，顾氏姐妹的悲剧有其个人因素，例如顾曼璐后期为了婚姻与利益，不惜牺牲自己亲妹妹的人身自由与爱情，折射出都市女性心理扭曲的问题。而这种心理问题，归根结底又指向了社会对女性不公正的压迫与歧视，更显露出资本主义制度下的上海实际上吞噬了下层阶级市民的自由权利。

德国社会学家格奥尔格·齐美尔在《大城市与精神生活》一文中提及都市人对“自由”的精神需求，并认为这种需求与经济发展的速度成正比。文中论述阐明：“财富一旦超过了一定的界限，城市的视野、城市的经济往来、人际关系、思想交流、观念范围等等都会以几何级差发展，得到的每一个动态增长都成为跨向下一步更大的（不是同样的）增长的阶梯……”[①] 此论点不无道理，却有片面之处——其仅能适用于贫富差距相对微小的都市，以最大化保障经济发展与精神文明建设同步发展。而张爱玲笔下的《半生缘》，20世纪三四十年代经济初起步的上海，公馆与弄堂共同构成都市的建筑景观，汽车与黄包车并存于街道，这样的论点则恰好会被推向另一面。于自由而言，贫穷时的顾曼璐没有婚姻自由，即使表面上不是包办婚姻，她亦只能嫁给能保障她生活的祝鸿才；而祝家发迹后，顾曼璐更是失去了女性精神上的自由与独立，其思想被牢牢局限。

① ［德］格奥尔格·齐美尔：《大城市与精神生活》，《桥与门：齐美尔随笔集》，涯鸿、宇声等译，生活·读书·新知三联书店，1991年版，第272页。

这一系列的人物设置与情节发展，也推动并导致了顾曼桢作为一个精神自由的上海新女性，却被囚禁在祝家大宅，失去了人身自由的情况。而这久达一年的囚禁，正以封闭空间禁锢女性的设定，反衬、对照了当时上海都市的开放式姿态。这样的囚禁使顾曼桢“恨透了那所房子，这次出去是再也不会回去了……无论活到多么大，她也难以忘记那魔宫似的房屋与花园，在恐怖的梦里她会一次一次的回到那里去”①。偌大的繁荣之都——上海，却有女性被隔绝在封闭的空间而无法与外界接触，这种反讽式的写法正揭露了资本主义上海光鲜的表面之下，亦有黑暗不堪的一面。而这一面，也深深地击中了这座城市的核心问题——精神发展无法跟上经济发展的速度，及其所带来的种种忧患。顾氏姐妹个性相反，却双双无法同时获得人身自由与精神自由。这样的故事发生在城市现代化进程在全中国数一数二的上海，不无讽刺意味。

另外，齐美尔还提到：“现代生活最深刻的问题的根源是个人要求保持其存在的独立性和个性，反对社会的、历史习惯的、生活的外部文化和技术的干预，反对完全改变原始人为了自身的生存所必须进行的那种自然斗争。”②顾曼璐为了生存选择舞女行业，以及嫁给祝鸿才，不可不说仍然属于“为了自身的生存所必须进行的那

---

① 张爱玲：《半生缘》，北京十月文艺出版社，2009 年版，第 202 页。

② ［德］格奥尔格·齐美尔：《大城市与精神生活》，《板与门：齐美尔随笔集》，第 258 页。

种自然斗争”，但这样的“自然斗争”并不仅仅指向人类为了物质而竞争的情景，也可包括为了物质而被迫屈服于某些社会规则。可见，这样的做法都有违现代问题所产生的“个人独立与个性”，与现代都市精神文明发展的方向相悖。

在上海以摩登、先进、发展快速的都市形象出现在许多文学文本之时，张爱玲却在《半生缘》中以顾氏姐妹的悲剧，书写了一个繁华中隐藏着破败，进步中残留着保守的上海都市形象。张爱玲的叙事口吻并不辛辣，却处处透露出悲凉与无奈，将上海的黑暗面一点点从光鲜之中剥离出来，也深刻揭示了城市现代化发展中的人性根源与社会问题。

二　上海的日常记忆与双城叙事

顾氏姐妹的家庭悲剧，乃《半生缘》的故事发展主线，从情节的铺排与推动叙事的层面书写了 20 世纪三四十年代上海经济发展过程中的城市文化问题。而除此之外，张爱玲还着眼于许多细碎的上海日常叙事，以及细腻的人文情感。这部分以分散在各叙事结构中间的形式，共同为小说塑造出了一个立体化的上海。

在《半生缘》中，张爱玲在上海市民日常生活的描述上着墨颇多，这些描述大多呈现出上海普通市民的生活点滴。而小说中的日常叙事，主要有两大特色。一是以声音书写体现人物的心境与上海的城市节奏感；二是以南京、上海双城的设定，比照出上海当时在其他城市眼中的先进与摩登。

一个城市的文化与居住其中的市民息息相关，而上海大部分普通民众居住的弄堂，正体现了上海有别于中国其他城市的风格。其中最具有代表性的，便是顾曼桢居住的弄堂一带所形成的市井文化。对顾曼桢居住的弄堂，张爱玲如此描述：

这衖堂在很热闹的地段，沿马路的一面全是些店面房子，店家卸下来的板门，一扇一扇地倚在后门外面。一群娘姨大姊聚集在公共自来水龙头旁边淘米洗衣裳，把水门汀地下溅得湿漉漉的。①

小说对上海空间意象的塑造并不是很多，上段关于弄堂的描述，奠定了顾曼桢平日生活的基础面貌——朴素而热闹的群居景象。至于弄堂民间生活的日常书写，张爱玲尤其擅长以“声音”的方式呈现点滴。例如以下几处描写：

这家馆子是一个老式的洋楼，楼上楼下灯火通明，在这临街的阳台上，房间里面嘈杂的声浪倒听不大见，倒是楼底下五魁八马的豁拳声听得十分清晰，还有卖唱的女人柔艳的

① 张爱玲：《半生缘》，北京十月文艺出版社，2009 年版，第 33 页。

歌声，胡琴咿咿哑哑拉着。

……

每天差不多这时候，他总到这一带来叫卖，大街小巷都串遍，一个瘦长身材的老头子挽着个篮子，曼桢住的衖堂里，他每天一定要到一到的。世钧一听到那声音，就想起他在曼桢家里消磨过的无数的黄昏。“豆……干！五香蘑菇豆……干！”沉着而苍凉的呼声，渐渐叫到这边来了，叫得人心里发空。

曼桢躺在床上，房间里窗户虽然关着，依旧可以听见衖堂里有一家人家的无线电，叮叮咚咚正弹着琵琶，一个中年男子在那里唱着，略带点妇人腔的呢喃的歌声，却听得不甚分明。那琵琶的声音本来就像雨声，再在这阴雨的天气，隔着雨遥遥听着，更透出那一种凄凉的意味。[①]

三段文字的共同之处在于，张爱玲用闹市或弄堂中的声音去触动小说人物的听觉思维。从餐馆阳台上听到楼下市民的“豁拳声”与“歌声”，显得市井生活热闹而纷繁；卖豆腐干的老人日复一日的叫卖昭示着时间的轮回，也让沈世钧回忆起顾曼桢；雨天无线电

① 张爱玲：《半生缘》，北京十月文艺出版社，2009 年版，第 25、186、242 页。

传出来的琵琶声飘荡着 20 世纪三四十年代上海古典乐器的韵味，又透露着顾曼桢心境的悲凉。这些细枝末节，看似寻常，实际上不仅从侧面衬托出小说中人物的心情，更将上海市井的横切面生动地呈现在读者面前。这种集中于听觉的日常描述，是《半生缘》的独特之处，创造出一种文学的节奏感，也使文本中的城市具有了感官可知性。可见，上海弄堂中的城市节奏，时而随着市民纷杂的“豁拳声”变快，时而又随着琵琶声与叫卖声变得缓慢。如此一来，热闹与平静、轻盈与沉重、欢喜与忧愁同时构成了这座城市的日常图景，也让上海显得更加多元立体。诚然，弄堂里的生活有个人特色，也有时代对城市的记忆。而当这一切归于日常时，“城市与人”的生活本相便在文本中有了特定的文学意义。

《半生缘》虽大部分篇幅与上海有关，但亦有些许片段于沈世钧出生的南京展开。而在上海、南京的双城结构中，也有不少以南京人的他者眼光去评鉴上海这座都市的书写。

当许叔惠、沈世钧、石翠芝等人在南京聊到看电影，以及上海人的优越心理时，有如下对话：

叔惠笑道：“小城里的大小姐，南京可不能算是个小城呀！”

世钧笑道：“我是冲着你们上海人的心理说的。在上海人看来，内地反正不是乡下就是小城。是不是有这种心理的？”

……

一鹏便和世钧他们说：“一块儿去看电影，好不好？”

翠芝道：“人家刚从上海来，谁要看我们那破电影儿！”[①]

当沈世钧乘坐火车离开南京前往上海时：

人家说“时代的列车”，比譬得实在有道理，火车的行驰的确像是轰轰烈烈通过一个时代。世钧的家里那种旧时代的空气，那些悲剧性的人物，那些恨海难填的事情，都被丢在后面了。[②]

当作为南京人的窦文娴提到上海时：

窦文娴便道：“要买东西，是得到上海去。上海就是一个买东西，一个看电影，真方便！”她这样一个时髦人，却不住在上海，始终认为是一个缺陷，所以一提起来，她的一种优越感和自卑感就交战起来，她的喉咙马上变得尖锐。[③]

---

① 张爱玲：《半生缘》，北京十月文艺出版社，2009年版，第44、139页。

② 张爱玲：《半生缘》，北京十月文艺出版社，2009年版，第65页。

③ 张爱玲：《半生缘》，北京十月文艺出版社，2009年版，第138—139页。

从上文可见，即使许叔惠在上海属于平民阶层，而沈世钧、石翠芝和窦文娴在南京属于大家子弟，在他们相处时显露出的观念中，依然存有“上海胜于南京”的思想，南京人甚至因此怀有自卑感。在南京人眼中，只有上海才能提供现代化的便捷与时尚。在沈世钧乘坐火车从南京到上海时，他甚至有种将旧时代抛离在背后，穿越到上海这座时代前端都市的感想。这种以他者眼光审视上海的角度，在张爱玲的其他小说（或其小说改编的电影）中也时有呈现，常以香港、上海双城的形式作为叙事结构。[①]而《半生缘》中以南京对照上海，在地缘上的距离却是近了很多，文化意义层面的差距缩小，甚至两地连方言也同属于吴语。这样对比下的上海，更有在同一文化水平面上凸显其城市个性的可能——在同处江南文化地区的南京人眼光中，“时尚”“先进”乃上海有别于南京最突出的代名词。

无论是声音书写还是双城叙事，《半生缘》都在描写上海人的日常生活中，展现出上海城市特色与人文价值。这部分与主线顾氏姐妹的家庭悲剧叙事，所体现的上海城市思想问题相结合，更从双面的角度饱满而立体地书写了上海的都市文化。融细节于整体，是张爱玲独特的细腻的写作风格，透过累积的细微之处可窥见宏大的

① 刘琪：《从双城到多城的空间演绎——论 1980 年代以来的香港电影》，曲阜师范大学硕士学位论文，2016 年。

城市叙事，这种以小见大的方式让文本叙述显得更有感染力，也更有发散的空间。

三 结 论

张爱玲以书写华丽苍凉的爱情故事闻名于文坛，《半生缘》也是此类文风的代表作之一。但《半生缘》不仅代表了张爱玲常见的叙事风格，还呈现了一个双面的上海。从文中可见，这个城市的文化在先进与落后之间挣扎，既有快速发展的经济、时尚摩登的文化，亦残留着传统的性别压迫、金钱至上的守旧思想。新旧交替的城市发展历程中，经济与文化之间的裂痕导致城市步调不均，又进一步影响了城市中人物的生长轨迹。这些无一例外地使上海“城”与“人”的关系变得更加深刻而多样。

在小说的主线顾氏、沈氏的家族叙事中，人物的日常记忆重构了新上海的市民群像文化，也包含了旧上海的历史情感，并进行了批判性的时代反思。而小说散线的日常叙事与双城结构，不仅以“声音叙事”的方式让文本更具有感官可知性，也引入“他者”眼光，以内部上海市民视角与外部南京市民视角，建构了不同角度下的上海文化。诚然，《半生缘》中的上海不是完整的，甚至许多篇幅集中于叙述人物的爱情故事，而非直接的城市描写。上海的城市文化源远流长，远可追忆与细探，《半生缘》只是其中横切面之一。但小说中的上海自有独一无二的一面，注入了城市的双面底蕴，为构成千万种上海书写提供了想象空间。同时，在人物与城市互动的过程中，文本里所体现出的上海文化内涵、独特的城市现代化意味以及上海革故鼎新的过程中的深层次问题，都为张爱玲的上海书写的发展提供了不少可解读的方面，也丰富了海派文学的内容。

◇ 作者简介 ◇

彭依伊，女，1993年生，现为北京大学中国语言文学系在站博士后，研究方向为中国现当代文学、女性文学、文艺理论等。本科毕业于华南师范大学文学院，硕士毕业于香港浸会大学中国语言文学系，博士毕业于香港中文大学中国语言及文学系。

“我们仨”与《钱锺书选唐诗》

张　巍

当“钱锺书”与“唐诗选”这两个名词碰撞在一起时，带给万千读者的该是怎样的兴奋与激动！即使最资深的“钱迷”此前也不知道，作为《宋诗选注》的作者和社科院文学所编《唐诗选》的重要参与者，钱锺书竟然还有一部属于自己的“《唐诗选》”。这是在《钱锺书手稿集·容安馆札记》《钱锺书手稿集·中文笔记》《钱锺书手稿集·外文笔记》之后，最新公开出版的钱锺书遗著。而“父选母抄，圆圆留念”（钱锺书题语），与“我们仨”都有所关联的产生背景，更是为全书增添了一份传奇色彩。

人民文学出版社编辑部整理的上、下两册装的《钱锺书选唐诗》因此摆上了我的书桌案头，朱红色封面上的烫金书名熠熠生辉。当内心深处的欣喜逐渐转为平静后，我开始思考这样的问题：这是一部什么性质的书？它的问世是出于什么样的原因？对于现今的读者而言，它又有着怎样的价值和意义？带着这些问题我打开了书册。

一页页唐诗翻阅而过，问题的答案也逐渐在脑海里明晰了起来。或许这个答案并不见得正确，更谈不上高明，仅是代表了一个普通唐诗爱好者的个人看法。但现代史学理论告诉我们，历史总是在无数的个人话语中得以生成和建构，算得上是一个可以自我解嘲的借口。

人民文学出版社副总编辑周绚隆首先向学术界介绍此书。他的文章见于《读书》2020年第11期，也被作为此书的《出版后记》。周绚隆在文章中有这样的说法："由于不抱商业目的，也不是组织干预，所以这是一部非常'随性'的选本。""随性"这个词在这里用得极好，和"随意"比起来，显然温和了许多，也更符合实际状况。读完全书，就会发现作者的"随性"之处非常明显，具体来说主要有五个方面。

一是并不深究文献真伪的问题。钱锺书是以《全唐诗》为工作底本，圈定篇目后让杨绛抄录的。而清编《全唐诗》，现今看来其实是一部错讹不少的唐诗总集，这与其成书仓促有关。关于这一点，周勋初《叙〈全唐诗〉成书经过》中已经讲得很明白（《文史》第8辑，中华书局1980年版）。对于《全唐诗》中的讹误之处，李嘉言、佟培基、周勋初、陈尚君等学者都指出过。钱锺书对此当然非常清楚，他在《宋诗选注序》中就说《全唐诗》有"错误和缺漏"。但在圈定唐诗篇目的时候，他对书中这些错误却无意深究。例如贾曾名下录有《有所思》一首，全诗如下："洛阳城东桃李花，飞来飞去落谁家。幽闺女儿爱颜色，坐见落花长叹息。今岁花开君不待，明年花开复谁在。故人不共洛阳东，今来空对落花风。年年岁岁花相似，岁岁年年人不同。”非常明显，这是将刘希夷《代悲白头翁》中的十句截取出来稍加改换而成，应该属于同诗异传。这两首诗在《全唐诗》中分别位于第67卷和第82卷，前后相距不远。在《钱锺书选唐诗》中，《有所思》之后的第三首诗就是《代悲白头翁》。这样多少有不辨真伪且前后重出之嫌，或许是钱锺书希望二者均摘录以便做个对照。

二是某些诗人选篇多少与通行看法差别较大。例如全书中选白居易诗一百八十四首，入选数量居于首位；选杜甫诗一百七十四首，紧随其后；但李白诗就只有二十三首。这个数目不单无法与白居易和杜甫相比，还在张祜、陆龟蒙、施肩吾（均为三十一首）等唐代二、三流诗人之后，这与李白在文学史上的地位极不相称。

三是对入选篇目的取舍也与很多选本颇有不同。以所选杜诗为例，钱锺书确实选了很多杜诗名篇，如《望岳》《奉赠韦左丞丈二十二韵》《丽人行》《蜀相》等五七言古律诗，但对《秋兴八首》就只选录了其中的第一首。而《秋兴八首》是杜甫晚年七律组诗中最富有典范意义的作品，也是精心构思而成的完整统一的艺术整体。以一百七十四首的容量却未能选录全部，确实让人觉得有点遗憾。相比而下，钱锺书对于成就相对较低、历来不太受称赞的杜甫七绝倒是圈定了好几首，其中就包括这样一首《少年行》：“马上谁家薄媚郎，临阶下马坐人床。不通姓字粗豪甚，指点银瓶索酒尝。”

平心而论，这确实不算杜诗中的佳作。

四是不仅收全篇，也收残句断句。例如裴说的“读书贫里乐，搜句静中忙”，潘佑的“劝君此醉直须欢，明朝又是花狼藉”，薛涛的“枝迎南北鸟，叶送往来风”等。一般来讲，选本不太有这种做法。因为在中国古代的批评形式中，针对“句”的层面有两种专门的类别，那就是分门别类编排佳句的“秀句集”和随兴摘录佳句的“句图”，选本所选的基本属于全篇。

五是书中收录的个别作品严格来讲不能算是诗。作为一代之总集，《全唐诗》的收录范围很广，包括谣谚、酒令、词作等，那是属于“网罗放佚”的做法，当然并无不可；可是具体到选本而言，一般都应“删汰繁芜”（《四库全书总目》）。但《钱锺书选唐诗》中倒数第二首是《裴度语》：“鸡猪鱼蒜，逢著则吃。生老病死，时至则行。”这可以说是唐代谚语，相当于现代的“顺口溜”。全书最后一首是曹著的《蛙谜》：“一物坐也坐，卧也坐，行也坐。”按照《文心雕龙》中的文体分类，二者大概都可归入“谐隐”类而不是诗歌类。

我指出以上这些情况，绝非对钱锺书的指责和挑剔。试想以钱锺书的学问水平，要想编一部唐诗选本，那真是“酌蠡水于大海”（借用李清照语）。多一部少一部出版的遗著，对他的学术成就和声望，也没有太大影响。与此同时，更不是对《钱锺书选唐诗》这部书的贬抑。人民文学出版社的编辑们持学术之公心，以认真负责的态度整理出版钱锺书这部遗著，是对钱锺书最好的纪念方式。我要说的是，想厘清对于此书性质的认识，更利于读者的阅读和使用。究其根本，这原本是钱锺书特意为妻子圈定的唐诗阅读篇目，再由杨绛本人抄录成册的一部书稿。说它是《钱锺书选唐诗》，当然可以讲得通；但假如不嫌啰唆，依照明清坊刻本唐诗选这类书的题名先例，叫“钱锺书圈定杨绛抄录唐诗”，倒是更切合此书实际。现在的封面上，“钱锺书选唐诗”书名之下，就是“钱锺书选、杨绛录、人民文学出版社编辑部整理”这样的责任者署名方式，堪称中肯妥当又颇具策略的处理方法。这部书其实是一部抄录而成的唐诗读本。“读本”与“选本”二者之间，终究还是稍有不同的，因此原稿到底算不算通常意义上的唐诗选本，似乎还有可商量的余地。事实上，这类唐诗读本在中国古代曾经很常见，其渊源可以上溯到唐代。徐俊在《敦煌诗集残卷辑考·前言》中指出：在写本时代，“流传更多更广的是规模相对短小、从形式到内容均无定式的传钞本”（中华书局2000年版）。唐人把这样的诗歌传抄本普遍称为“诗卷”。以后世的标准来看，唐代诗卷少部分可以视为诗集。但多数只能称为准诗集。一个明显的例子就是由罗振玉定名为“唐写本唐人选唐诗”的伯二六七零与伯二五五二号拼合卷，中华书局上海编辑部曾将其收入《唐人选唐诗（十种）》中，而后来傅璇琮等《新编唐人选唐诗》中就将其剔除，因为这只是“唐人抄唐诗”而不是“唐人选唐诗”。杨绛所完成的这个稿本，其实也是中国古代传统抄录方式的现代显现。

对于这部书成书的原因，论者也已有过推测，认为这与钱锺书在社科院文学所编选《唐诗选》时受到的不公待遇有关。据《唐诗选·前言》的说法，钱锺书参加了初稿的“选注、审定工作，后因另有任务，没有继续参加”，其实是钱锺书负责撰写的初稿大多都被删去或替换。在这种情况下，钱锺书有所不快当然完全可以理解。但假如读者因此认为钱锺书想另起炉灶，另编选一部唐诗选来与这部《唐诗选》相抗衡，就像清代严可均未被邀请参编《全唐文》，愤而独自一人编成《全上古三代秦汉三国六朝文》一样，那恐怕有些太曲解和小瞧钱锺书了。显而易见，晚年的钱锺书在历经人生诸多风雨之后，可能也不太会把这些事情放在心上。更为重要的是，以现在这样的选目，也不好与社科院文学所《唐诗选》来做比较。

北京大学葛晓音教授在此书出版分享会上讲得很好：“钱先生的选诗不是一个任务，不是像我们今天做选本的考虑，要根据每个作家在文学史上的地位，估量这个作家选多少、这个作家是否入选，数量怎么平衡，等等，都要反复考量。我想，他主要是从作品出发，看到哪首有兴趣，挺好，他就选了。”（见腾讯网）而对于钱锺书的选篇兴趣，葛晓音从重中晚唐、重创新、重人之常情三个方面予以分析，所论非常有见地。需要补充的是，如果说到钱锺书的个人兴趣，他对活泼圆快、聪明轻巧、风趣幽默的诗似乎比较喜欢，《宋诗选注》中就透露出这种意味。虽然是个宋诗选本，编选者好像更欣赏宋诗中偏向唐音的那类作品，而对最典型的宋调关注得反而少些。例如对于三苏及苏门四学士诗，选苏轼十八首，选张耒八首，选秦观五首，张耒、秦观的入选数量都在黄庭坚（三首）之上。而《宋诗选注》中入选最多的诗人是陆游二十七首，此外杨万里十首，范成大十二首。“中兴四大诗人”（尤杨范陆）的入选数量超过了“宋诗四大家”（欧王苏黄），这本身就是一个引人注目的现象，也很能说明编选宗旨所在。从这样的角度来看，《钱锺书选唐诗》中多收录白居易及其他中晚唐诗人的诗，与钱锺书一贯的标准相符。钱锺书认为张耒“古体每上接张王乐府，近体每上接香山而下开剑南”（《容安馆札记》），他在《宋诗选注》中对陆游、张耒的肯定，和圈定唐诗时对白居易的肯定是出于相同的立场。讲到这里，似乎可以下个简单的判断：对于钱锺书和杨绛来说，读书是工作更是消遣娱乐，是他们基本的生活方式。钱锺书圈定的唐诗中颇多情韵俱足的佳作，也有不少诙谐逗乐之作。如裴玄智监守自盗，偷了寺庙黄金后逃走时的题壁诗：“将肉遣狼守，置骨向狗头。自非阿罗汉，焉得免得偷。”还有《嘲刘文树》《嘲张祜》和包贺的《谐诗逸句》等，这显然就是因为这些诗好玩。“玩学问”这种说法，放在其他人身上可能是对学术的漫不经心和不负责任，但放在钱锺书身上，那就是人与道俱、挥洒生春。试想他们老夫老妻终日相伴相读书，抄到这等有趣的诗，杨绛定然会像年轻时读新出炉的《围城》一样，“放下稿子，和他相对大笑”（杨绛《记钱锺书与〈围城〉》）。他们对待书，就像宋代李清照与赵明诚乐于饭罢赌书饮茶一样，“甘心老是乡矣”（李清照《金石录后序》）。这部书稿，也正是他们夫妻俩岁月静好、情久弥真的写照。从成书过程来看，这也是钱锺书所有著述中唯一一部与“我们仨”都有密切关联的书稿。钱锺书、杨绛以特殊的合作方式完成了这个唐诗抄录本，并想把它留给女儿钱瑗作纪念。因为钱瑗不幸早逝，书稿后来送给了钱锺书老师吴宓的女儿吴学昭。可以说它浓缩和见证了“我们仨”之间带着飘逸书香的那份真挚情感，也寄托了一对知识分子夫妇对女儿的真切思念。

说到此书的意义和价值，不妨还是从手稿中透露的消息着眼。杨绛手稿中所用的书名“《全唐诗录》”，倒是更切合全书原貌。对于普通读者而言，不妨把它当成一个《全唐诗》的再选本——《全唐诗录》来看待。这部书选了唐代三百零八位诗人的一千九百九十七首作品。相当于《唐诗三百首》体量的六倍半，相当于社科院文学所《唐诗选》的三倍还有余。全书不仅选篇宏富，而且印刷精美，编辑还增加简明切当的士人小传和诗歌注释，现今电商时代，购置起来更是方便易得。唐圭璋在编定《全宋词》后，还完成了一部《全宋词简编》，方便读者在较短的时间内相对全面地了解宋词风貌。而今《钱锺书选唐诗》一书，正好可以起到类似作用。读者尽可以把它当作老辈学者沉潜玩味典籍、读书点书抄书后留给后人的一份宝贵财富，而未必要从字里行间层层爬梳，对照

《钱锺书手稿集》来发掘钱锺书的诗学思想。以“持平常心，读平常书”的态度来对待它，可能比把它当作忽然发现的珍本秘籍要更好些。

该书对普通读者的另一项重要意义是，它为民众提供了当代古典诗歌抄本的绝佳范例。中国的抄本文化有着古老的历史，几乎与中国文明史同样长度，这根本无须多言；但它的下限却一直延伸到了当代，直至 20 世纪 90 年代后才被电脑打印和手机拍照所终结，却容易为人们所忽略。回想一九七〇年代，在书籍流通不便、精神资源极度匮乏的时代大背景下，抄本居然获得了最后一抹回光返照。就当《第二次握手》在知青中通过手抄本的方式广为流传并最终得以出版时，名满天下的两位老人，秉持着“万人如海一身藏”（苏轼诗句）的生活态度，在北京的小小书斋里安静地圈定和抄录完了近两千首唐诗。虽然他们抄录的唐诗与《第二次握手》分属于古代诗歌与当代小说的领域，抄录的动机也很不相同，但都是文学作品当代传抄的有趣范例，代表了当代抄本文化的两极。其实老辈学者很多都有这种抄录书籍的良好习惯，例如与钱锺书为社科院同事、并曾共同参与《唐诗选》选注工作的王伯祥，就在暮年抄录《四库全书总目》而成《书林蠡酌》共六册。而杨绛从 1983 年开始断断续续地抄录唐诗，1985 年起更是将此视为“日课”，直至 1991 年抄录完毕，前后历时六年之久。虽然平均起来每天的量并不大，但七旬老人有这样的决心与毅力，依然令读者肃然起敬。当数字化的洪流铺天盖地而来，人们提笔忘字已不是新鲜事时，这部抄录完成的诗稿，可能就是中国历史上最后一部有学术影响的唐诗手抄本。说得更远一些，钱锺书和杨绛所代表的那一批从民国走来的老辈学人，身上带有浓重的传统中国文化的痕迹。他们本身就是20世纪上半叶风云际会、古今中外交融时期的文化遗存。这样的人，清代未曾出现过，今后也不可能再出现。人们对于这批学者和他们著作的关注，代表了对学术理想和文化传统的守望与追求。人民文学出版社能将这样一部书呈现在读者面前，与出版《宋诗选注》《唐诗选》一样，都是做了件嘉惠学林的善事。①

◇ 作者简介 ◇

张巍，1977年出生，文学博士，华南师范大学文学院教授，主要研究方向为中国诗学。

① 本文发表于《人民政协报》2021年1月11日第12版，发表时有删节。

弘扬古典诗词的当代价值

张　巍

中华民族有着悠久光辉的历史，也创造了同样悠久辉煌的文学。在古代文学的各个门类中，诗词传播最为广泛、影响最为深远。时至今日，古典诗词也并未因历史的冲刷而失去自身的光辉，而是历久弥新，益发彰显出永恒而独特的魅力。从 2016 年 2 月万名网友续写“我有一壶酒”的网络传奇，到 2017 年春节期间“中国诗词大会”的热播，再到 2017 年“两会”首个部长通道上教育部部长陈宝生的即兴吟诵，都充分说明了这一点。中华古典诗词，在当代不仅有着面向学校和科研机构时所体现出的教学价值和学术研究价值，更有着面向全体社会而呈现出的文化价值和精神价值。学习古典诗词，对于任何一位炎黄子孙来讲，都具有多方面的意义。

第一，学习古典诗词，有助于深入了解民族文化传统和文化精神，增强文化归属感。

中华民族创造伟大历史的过程，同时也是跨越困境、不断前行的过程。要想认识中华民族坚实厚重的历史，了解她的崇高与苦难，完全可以从了解古代文学特别是诗词入手。诗歌是诗人用文字对所处时代的叙写和反映，堪称生动形象又具体真实的历史记录。先秦时期，一部《诗经》就是当时生活百科全书式的记录。例如《豳风·七月》中有对先民们四季繁忙劳作的详尽叙述。《秦风·无衣》则体现出了士兵在战场上的同仇敌忾，这正是大秦帝国建立的重要基础。想走近盛唐的富庶繁华，最直观的记载莫过于杜甫的诗句："忆昔开元全盛日，小邑犹藏万家室。稻米流脂粟米白，公私仓廪俱丰实。"见证了北宋的都市繁华，柳永写下《望海潮》（东南形胜）这样的名篇，令朝中重臣范镇感慨说从中可见"仁宗四十二年太平"。究其根本，诗歌的产生总有它的社会原因和文化背景，不少诗作词作还有具体可考的本事。中国诗史历来以中华历史作为它的基石，文史相通，密不可分。诗词所提供的历史信息有自身优越性。它包含着一种审美认识，使得学习知识与审美活动融合统一，因而趣味性强，易为普通民众接受。它又是当时人们心灵情感的自然流露，反而在历史细节上更富于真实性，也更易于引起人们的共鸣和思考。

依托于古老的农耕文化，中华民族逐渐形成了积极进取、以人为本、友爱和谐又坚韧不拔、威武不屈的民族性格。《周易》中的"天行健，君子以自强不息"和"地势坤，君子以厚德载物"，正是对这种民族性格的绝佳诠释。诗歌是情感与思想的双重结晶，是文化思潮的自然产物，古典诗词则是中华民族传统文化精神具象化、个性化的显现方式。中华文明以儒家思想为其骨干，又容纳吸收了道家、法家、佛家等各个思想流派，相互补足为完整统一的有机体。它的每一个侧面，在古典诗词中都有鲜明体现。盛唐诗人杜甫、李白、王维分别被称作“诗圣”“诗仙”“诗佛”，正好大致对应了儒、道、释这三个思想流派。杜甫的远祖杜预曾为《左传》作注，在经学上极有成就，他的祖父杜审言则是初唐“文章四友”之一。儒学和诗歌是杜甫的家族传统，他用自己的毕生实践使二者达到完美融合的境地，以至于宋人就有“老杜似孟子”的说法。“致君尧舜上，再使风俗淳”，“穷年忧黎元，叹息肠内热”，杜诗中体现的正是儒家的那种关爱苍生、兼济天下的胸怀。李白屡屡以《庄子》中的鲲鹏自比，他的狂放不羁，要求冲破一切外在束缚的自由精神主要来自道家。王维诗中则充满了寂静出世的禅趣。对于今天的社会大众而言，学习古典诗词是了解中华文化精神快捷有效且易于实施的方式。在阅读当中，我们能够追寻到祖先数千年来始终坚守的精神血脉和心灵家园，而这正是中华文化生生不息的重要原因。

第二，学习古典诗词，有助于增强民族文化自信心和自豪感。

每个民族都有本民族的语言，也会有用这种语言撰写的诗歌。一定意义上，诗歌的存在就是为了将本民族的语言之美发挥到极致。古代汉语以繁体汉字作为书写形体，以单音节词居多，一字一音，字音中包括声、韵、调三个组成部分。围绕这一特性，中国古典诗词大多是篇幅相对短小的抒情诗，语言极为精练传神。例如五言绝句仅二十个字，词中还有字数更少的《十六字令》；七言律诗也不过五十六字。词中的《念奴娇》正好一百字，又称《百字令》，已属长调慢词。古典诗词普遍讲求用韵、对仗、平仄，以抒写内心情思为基本维度，以塑造鲜明意境为主要归旨，充分彰显汉语自身的意义之美和声韵之美，达到了“笔落惊风雨”“篇终接混茫”的神妙艺术境地。汉语的独特功用，使古典诗词在世界文学之林中具有独一无二的地位。例如西方诗歌就无法做到古典诗歌中所具备的精工对仗。此外根据朱光潜《诗论》的说法，外国诗歌大多无韵，而中国古典诗词除极个别外都是韵文，韵是汉语诗歌绚丽的亮点。汉字的稳定形体，更是让古典诗词具有了跨越时空的效用。唐诗中的许多名篇，今天的中小学生都可以背诵，并依然能体会到其中的情感和意味，并不会觉得有太大的文字障碍。反观西方，“英语诗歌之父”乔叟在世时间相当于中国的元明之际，但因为拼音文字的变迁，他用古英语写成的诗歌对于今天英国的大学生来说阅读都有难度。

随着汉字、典籍和中华文化精神的传播，古代东亚形成了汉文化圈，古典诗词在整个汉文化圈内都产生了重要、深远的影响。古代日本、朝鲜和越南的许多文士都酷爱诗词，并且进行了相关创作，这些作品现在被统称为域外汉诗。例如中唐文人张志和曾撰有《渔歌子》一词，不到五十年的时间就传入日本，当时的嵯峨天皇称赏不已，和亲王大臣们一起加以追和，这是日本填词的开端。古代日本民众最喜欢的唐代诗人是白居易，白诗的浅近易懂和清丽忧伤非常符合他们的审美趣味，日本的长篇小说《源氏物语》就受到了白居易《长恨歌》的巨大影响。古代朝鲜长期是中国属国，其官方正统史书《高丽史》的《乐志》部分中，收录有多首柳永的词，足见当时“凡有井水饮处，即能歌柳词”的盛况。凡此种种，都充分说明了古典诗歌的非凡成就与重大价值，值得我们骄傲自豪。相形而下，某些当代诗人数典忘祖、言必称“西”的行为令人吃惊。事实上，只要使用汉语进行创作，新诗就无法彻底割断与传统诗词的关联。新诗史上的诸多名篇，如朱湘的《采莲曲》、徐志摩的《再别康桥》、戴望舒的《雨巷》，都是极好的例证。

第三，学习古典诗词，有助于全面提升个人的思想境界和审美水平。

中国古代有着“诗品出于人品”的文学观念，这昭示着文学的道德评判尺度。诗人们大多将修身立德视为内在的自觉追求，“诗者，志之所之也。在心为志，发言为诗”。古典诗词就是他们崇高情怀的集中写照。屈原坚持理想，“虽九死其犹未悔”；陶渊明不为五斗米折腰，归耕田园，“采菊东篱下，悠然见南山”；杜甫在狂风暴雨掀翻了茅屋屋顶的秋夜，依然心系百姓，发出“安得广厦千万间，大庇天下寒士俱欢颜”的慨叹；陆游临终之时，仍旧不忘毕生的恢复之志，“王师北定中原日，家祭无忘告乃翁”就是他最后的遗言；辛弃疾的“男儿到死心如铁，看试手，补天裂”，文天祥的“人生自古谁无死，留取丹心照汗青”，凡此种种，无不闪耀着一种高尚人格的光辉。善待自然、热爱国家、孝敬父母、关爱他人……所有这些民族优秀传统品质，都成为历代诗词反复咏叹的主题。学习这样的作品，无疑可以让我们情感为之激荡，思想为之触动，心灵为之净化，增强内在的精神力量。

优秀的古典诗词，往往都能做到思想性和艺术性的完美统一。它不仅能给人思想的启迪，更能给人们艺术的享受。以唐诗为例，它在用字、章法、风格等层面都取得了令后人叹为观止的成就。就用字而言，贾岛对“僧推月下门”还是“僧敲月下门”反复斟酌，留下了“推敲”的佳话，齐已也因郑谷改动了他诗句中的一字而称郑谷为“一字师”。章法层面可以李商隐的《夜雨寄北》为例：“君问归期未有期，巴山夜雨涨秋池。何当共剪西窗烛，却话巴山夜雨时。”首句追忆过去，次句叙写现在，第三句向往未来，第四句所说又是未来的过去也即现在。全诗有着回环往复、一唱三叹的意味，余光中形象地称之为“连环妙计”。就风格而言，李、杜这两位盛唐诗国的双子星，一个飘逸豪放，一个沉郁顿挫，再如韩愈的奇崛险怪，李贺的瑰丽奇诞，李商隐的沉博绝丽，唐诗中形成自己鲜明风格的诗人有数十位。古典诗歌所能给予人们的艺术体验是如此的细致入微，精妙入神，若能长期沉浸于其中，必然会形成高雅不凡的艺术品位。

第四，学习古典诗词是一种非常好的休闲放松方式，有助于维护身心健康。

文学原本就具有娱乐功能，而在中国古代，作诗、读诗更是文人消遣的重要方式，生活中必不可少的组成部分。独处时以诗酒自娱，朋友相聚时以诗词唱和，忧愁时借诗词排遣，欢乐时用诗词助兴。时至今日，现代生活节奏繁忙，压力普遍较大，出现负面情绪在所难免，必须要有适当的舒缓方式。走近诗词，无疑可以给心灵以滋润和抚慰，它像一个耐心的倾听者任由你诉说，又像高明的导师能给你有效的开导。消极失意时，不妨读读李白的“长风破浪会有时，直挂云帆济沧海”，精神会为之重新振作；因日常琐事烦心时，又适合于品味陶渊明的“问君何能尔，心远地自偏”，暂时栖居于心灵的净土，忘却尘世的纷扰。

在中国古代，诗词不仅用于书面阅读，还用于口头传播。我们现今除了品读书写之外，也可以吟诵和歌唱。吟诵的本质是强化诗词固有的声音韵律美感，更好地体味诗的情感意境，可以说是“因声而入情”。吟诵带有强烈的自主体验性，每个人的吟诵都可以与他人不相同，非常适合于自主尝试。此外，中国古代本来就有着诗乐结合的传统，现代的作曲家们也给不少的诗词名篇重新配乐谱曲，让它们可以用于歌唱。杨洪基演唱的《三国演义》开篇古词《滚滚长江东逝水》和电视剧《红楼梦》中对原作中诗词的演唱，都堪称这种尝试的成功典范。能够声情并茂地演唱古典诗词，就是让古典焕发出新的生命活力。

整个社会都应对学习古典诗词予以充分的重视和关注，这是对国家相关方针政策的积极响应。习近平总书记在哲学社会科学工作座谈会上指出，要加强对中华优秀传统文化的挖掘和阐发，使中华民族最基本的文化基因与当代文化相适应、与现代社会相协调。中共中央办公厅、国务院办公厅 2017 年也发布了《关于实施中华优秀传统文化传承发展工程的意见》，首次以中央文件的形式专题布置了中华优秀传统文化的继承发展工作。相关文史专业的工作者，理应以自己的行动来响应这一号召。回想八百多年前，爱国诗人陆游有首记梦诗的题目如下："五月十一日夜且半，梦从大驾亲征，尽复汉唐故地。见城邑人物繁丽，云'西凉府也'。喜甚，马上作长句，未终篇而觉，乃足成之。" 20 世纪 90 年代，著名摇滚乐队唐朝也以"梦回唐朝"作为他们主打曲目的名称。时至今日，十四亿人民的"中国梦"，中华民族的伟大复兴，从某种程度上讲，就是重新缔造汉唐盛世的辉煌。相信在这一伟大的历史进程中，古典诗词必然会发挥它应有的价值和作用，放射出更加璀璨夺目的光彩。[①]

① 本文发表于《中国社会科学报》2017 年 3 月 30 日第 1 版，发表时略有删节。

谈古说牛

张 巍

牛是人类最早驯化的几种大型哺乳动物之一，其驯化历史在一万年以上。驯化后的牛保留了野牛庞大的体形和巨大的力气，但性情更加温顺，也更具备吃苦耐劳的精神，成为人类忠诚的伙伴和亲密的朋友，在人们生产劳动和日常生活中发挥着极为重要的作用。这种作用主要体现在三个方面：一是耕田种地的好帮手，是农民饲养的最主要的家畜。二是交通运输的好工具。牛本身虽不适用于长途骑行，但牛车和马车一样，在古代社会都曾得到普遍运用。三是肉食、奶食的好来源。牛肉营养丰富，滋味鲜美自不待言，牛奶更是人类除母乳之外最主要的饮用奶，其应用之广远远超过羊奶和骆驼奶。“喝牛的奶，做牛的仔”，至今仍是保姆哄小孩时常说的话。

牛是中华农耕文明的重要物质基础。先秦典籍《左传》中有“六畜”之说，据杜预注，“六畜”分别是马、牛、羊、鸡、犬、豕，《周礼》中则称其为“六牲”。“六畜”是农耕文化在动物层面的基本保障，“六畜兴旺”与“五谷丰登”往往对举而言，牛就位列“六畜”之中。除此而外，牛在祭祀中也有特殊地位。“国之大事，在祀与戎”（《左传》），祭祀时用牛、羊、猪，那是极为隆重的仪式，这三种祭品被称作“太牢”或“大牢”。假如缺少牛只有猪、羊，就降了一个等级，只能称作“少牢”了。是否有牛，反映了祭主的身份差别，《礼记·王制》中就说“天子社稷皆大牢，诸侯社稷皆少牢”。这种用于祭祀的牛平时养尊处优，“衣以文绣，食以刍叔”，然而时辰一到，就被“牵而入于太庙”了（《庄子》）。

人们现今根据用途将牛分作耕牛、肉牛和奶牛，古代对牛的区分则极为繁复细致，牛也因此显得品目繁多，这在《说文解字·牛部》和《尔雅·释畜》中有明确记载。有以性别区分者，其雄曰牡，其雌曰牝。有以年龄区分者，二岁牛叫犻，三岁牛叫“犙”，四岁牛叫“牭”。有以形貌区分者，牷是纯色的牛，牻是毛色黑白相杂的牛，犥是黄白色的牛（见《说文》《广韵》）。再如犉是黑唇牛，犝是黑眼眶牛，犚是黑耳朵牛，牧是黑肚皮牛，犈是黑脚牛（均见《尔雅》）。没有角的牛称作牝或犐。

世间常见之牛不外乎黄牛、水牛、牦牛、野牛四种。如果不严格遵循生物学的分类，宽泛一些还可以算上犀牛。但在中国古代典籍中，还记载了形形色色的奇牛。有身形硕大无朋的夔牛，郭璞《山海经图赞》中描述道：“西南巨牛，出自江岷。体若垂云，肉盈千钩。”《山海经》注曰：“蜀山中有大牛，重数千斤，名为夔牛。晋太兴元年，此牛出上庸，郡人弩射杀之，得三十八担肉。”也有体形娇小的果下牛：“日南郡出果下牛，高三尺。”有头顶上多长角的六角牛：“周成王时，东夷送六角牛。”（并见《述异记》）有口中长象牙的兹白牛，“成王时，大夏献兹白牛”“牛形而象齿”（《初学记》引）。还有罗马所送的花蹄牛：“元封三年，大秦国贡花蹄牛。其色驳，高六尺，尾环绕其身，角端有肉，蹄如莲花，善走多力。帝使辇铜石，以起望仙宫。迹在石上，皆如花形。”（《别国洞冥记》）这花蹄牛蹄如莲花，走过时才是真正的“步步生金花”（《南史》中语）。此外，还有名为鱼牛的怪兽。一种长着翅膀，应该会飞，见于《山海经》，“鱼牛其状如牛，陵居，蛇尾有翼”。居于山陵之上，不知为何称鱼牛。另一种居水中，《临海水土记》载：“鱼牛象獭，大如犊牛，其毛似毡，知潮水上下”。郭璞《江赋》中也说：“尔其水物怪错，则有潜鹄鱼牛，虎蛟钩蛇。”这种鱼牛有些类似于今天所说的海牛。

牛与人类息息相关，在文艺作品中也少不了它的身影。古代神话故事和小说中写到的牛虽是虚构的艺术形象，但也反映了现实中牛的某些特质。牛给人最突出的印象或许就是任劳任怨，长期默默奉献，对人忠心耿耿。例如家喻户晓的民间故事“牛郎织女”中，老牛不但成就了牛郎织女这对恩爱夫妻，临死时还叮嘱牛郎等它死后要剥下牛皮。后来牛郎披着牛皮才能飞上天去找织女。这头老牛无私奉献一直到死，是千百年来中国农村无数耕牛的缩影。

牛勤劳能干，能帮助主人振兴家业，故而很多时候牛都和财富联系了起来。“五丁开山”的故事中就是如此。《蜀记》云：“昔蜀中无路入秦，秦惠王闻蜀有五丁力士壮勇，乃以铁作牛五头，诈称其牛每日粪金三斗。蜀侯闻之，乃使五丁开山作路，入秦取牛。五丁既入秦，得视之，果知粪金之事为诈，然其路亦通矣。”秦王之所以要雕刻石牛而不是其他动物，那是因为在农耕社会，牛往往就是家道富足的希望所在。《朝野佥载》中的庞帝师，就是靠养牛致富：“庞帝师养一㸬牛，一赤犊子，前后生五犊，得绢一百匹。及翻转至万匹，时号金犊子。”

牛一般情况下都很温顺，一旦发怒，就显得异常凶猛。非洲草原上的野牛集体狂奔时，连狮子都要避其锋芒。战国时齐国的田单也是依靠火牛阵，才打败了燕国的军队。《西游记》中有两个牛妖都很厉害，一个是金兜山的独角兕大王，他原本是太上老君的坐骑青牛，等看牛童子熟睡时偷了法宝“金钢琢”下界作乱。孙悟空真是斗不过他，后来还是如来佛告知了此怪的来历，请来太上老君才降伏了青牛怪。《西游记》中降妖要同时劳烦如来佛和太上老君二位，也是仅此一次。另一个是大力牛魔王，他起初是孙悟空的结拜兄弟，也是神通广大法力高强。牛魔王在和孙悟空激战时现出了原形：“一头大白牛，头如峻岭，眼若闪光。两只角，似两座铁塔。牙排利刃。连头至尾，有千余丈长短；自蹄至尾，有八百丈高下。”

若无各路神仙相助，孙悟空很难打败这样一头牛精。

青牛怪在《西游记》中虽不甚光彩，但因为有老子骑青牛而西出函谷关的传说，青牛历来都被视为瑞兽。《列仙传》载："后周德衰，乃乘青牛车去入大秦。过西关，关令尹喜待而迎之，知真人也。乃强使著书，作《道德》上下经二卷。"依照五行与五色、五方的对应关系来看，"青"属木，代表东方；与其他家畜相比，牛沉默寡动，外形拙朴，暗合清静无为之旨。老子自东而来，乘坐青牛极为合适。《封神演义》中的老子，坐的还是这头板角青牛。他的师弟通天教主，坐骑则是一头奎牛。他们两位斗法时，一个"催开奎牛，执剑砍来"，另一个"催开青牛，举起扁拐，急架忙迎"。《封神演义》中的黄飞虎，骑的是五色神牛。五色神牛长着五彩毛发，力大无穷，和姜子牙的坐骑"四不像"真有的一比。《水浒传》首回中出场的龙虎山天师，虽然品级比不过以上神仙，但也是"倒骑着一头黄牛"。

《拾遗记》中有一种青色异牛叫骈蹄牛，"魏文帝迎美人薛灵芸，驾青色骈蹄牛，日行三百里。此牛尸涂国所献，足如马蹄也"。骈蹄牛可能只是传闻，但在六朝时期，确实有跑速飞快的牛。《晋书·苟晞传》载："晞见朝政日乱，惧祸及己，而多所交结，每得珍物，即贻都下亲贵。兖州去洛五百里，恐不鲜美，募得千里牛，每遣信，旦发暮还。"用这种"千里牛"运送生鲜食品能够朝发夕至，犹如今日之快递，只可惜其是用来结交权贵。王恺也有一头类似的牛，名为“八百里驳”，程大昌《演繁露》解释道：“驳亦牛也。言其色驳而行速，日可八百里也。”这头牛后来被王济射杀。《世说新语》记载此事颇详：“王君夫有牛名八百里驳，常莹其蹄角。王武子语君夫：‘我射不如卿，今指赌卿牛，以千万对之。’君夫既恃手快，且谓骏物无有杀理，便相然可，令武子先射。武子一起便破的，却据胡床，叱左右速探牛心来。须臾，炙至，一脔便去。”由此可见，六朝士族之豪侈。王恺、石崇二人争富，还包括比赛牛车快慢。石崇之牛，“形状气力不胜王恺牛，而与恺出游，极晚发，争入洛城，崇牛数十步后迅若飞禽，恺牛绝走不能及”（《世说新语》）。后来王恺买通了石崇的车夫，才知道是驾车的技巧问题，后来他的牛车就跑过了石崇。

神魔小说中的牛玄幻神奇，诗歌中对牛的叙写倒显得平实真切，却更加蕴含深情。《诗经》中这样写放牧中的牛群：“尔牛来思，其耳湿湿。或降于阿，或饮于池，或寝或讹。”欢快的牛群来到，牛耳摇动着，有的跑下斜坡，有的在池塘喝水，有的睡有的醒。寥寥数句，语简意丰，生动传神，充满欢乐情调。诗中最多写到牛的地方，应该是夕阳西下时分的牛羊归栏。从《诗经》到唐诗，其中都不乏这类精彩的描写：“日之夕矣，牛羊下来”（《诗·王风·君子于役》），“斜光照墟落，穷巷牛羊归”（王维《渭川田家》），“两岸芦花正萧飒，渚烟深处白牛归”（司空图《涔阳渡》），“野闲犬对吠，日暮牛自归”（万楚《题江潮庄壁》）。牛羊晚归，人在故土的话，那就是安谧宁静的村居图；人在天涯的话，那就是最浓重的一抹乡愁。它是栖居于田园的鲜明象征，这或许就是诗人乐意写的原因吧。

诗中是会写到原野里漫步的牛，“天苍苍，野茫茫，风吹草低见牛羊”（《敕勒歌》）；忙着耕地的牛，“牛吒吒，田确确，旱块敲牛蹄趵趵”（元稹《田家词》）；也有很多处是卧着反刍的牛。“黄犬惊迎客，青牛困卧泥”（袁皓《重归宜春偶成十六韵寄朝中知己》），“黄鸟翻红树，青牛卧绿苔”（薛琼《赋荆门》），这两联的句法和格调都很相像。写卧牛最佳者可能是孔平仲的《禾熟》：“百里西风禾黍香，鸣泉落窦谷登场。老牛粗了耕耘债，啮草城头卧夕阳。”秋收过后，当年耕种已毕，到了农闲时节，主人的眉头舒展开来，老牛才能安享这份难得的惬意。李纲《病牛》一诗中，同样是静卧斜阳的老牛，但却多了几分悲凉：“耕犁千亩实千箱，力尽筋疲谁复伤？但得众生皆得饱，不辞羸病卧残阳。”毫无疑问，这头病牛正是诗人精忠报国、九死未悔的自我写照。

诗中与牛最多相伴的当然是牧童。天真烂漫的孩子与沉默憨厚的牛形成了鲜明的对照，又是绝佳的天然搭配。当然，还少不了牧歌和竹笛这样的天籁之乐：“北原草青牛正肥，牧儿唱歌牛载归”（李东阳《北原牧唱》），“牧童骑黄牛，歌声振林樾”（袁枚《所见》），“牧童归去横牛背，短笛无腔信口吹”（雷震《村晚》），“骑牛远远过前村，吹笛风斜隔陇闻”（黄庭坚《牧童》）。当牛背上没有牧童的时候，鸟儿竟也会来凑热闹：“夕阳牛背无人卧，带得寒鸦两两归”（张舜民《村居》），“叶随流水归何处，牛带寒鸦过别村”（苏迈诗句）。一大驮一小，极慢带极快，两个本无关联的走兽与飞禽相处在一起，又显得非常和谐。体味诗中所写情景，令人不禁会心一笑。

诗中的牛也驾车，但主人不同，所驾之车不同，牛就显得差别很大。“油壁车轻金犊肥，流苏帐晓春鸡早”（温庭筠《春晓曲》），这是富贵人家女眷生活的写照。“夜来城外一尺雪，晓驾炭车辗冰辙。牛困人饥日已高，市南门外泥中歇”（白居易《卖炭翁》），这又是贫苦民众生存的艰辛，令人扼腕叹息。诗中还常提到“白牛车”，这与佛教有关。杜甫《上兜率寺》云：“白牛车远近，且欲上慈航。”仇注引《法华经》曰：“有大白牛，肥重多力，形体殊好，以驾宝车。”在《法华经·譬喻品》中有“牛车为大乘，即菩萨乘”的说法，“白牛车”被用以譬喻佛教中的大乘佛法。

牛可入诗，亦可入画。中国画依题材大致可分为人物、山水、花鸟三大类，花鸟画泛指以各种动植物为表现对象的工笔或写意画，其中当然包括牛。对于画牛，古人说得很玄妙：“乾象天，天行健，故为马；坤象地，地任重而顺，故为牛。”“于是画史所以状马牛而得名者为多。”（《宣和画谱》）唐代戴嵩就擅长于画牛，据《宣和画谱》载：“戴嵩，不知何许人也。初，韩滉晋公镇浙右时，命嵩为巡官。师滉，画皆不及，独于牛能穷其野性，乃过滉远甚。至于田家川原，皆臻其妙”。戴嵩的老师韩滉本身就是一个画牛高手，故宫博物院收藏的《五牛图》是他的传世佳作；戴嵩学习韩滉并刻苦钻研，在画牛方面可谓青出于蓝。唐代另外一位名画师韩干长于画马，故而有“干马嵩牛”一说，宋代梅尧臣诗中即云：“干马精神在缰勒，韩牛怒斗无牵拘。”（《观何君宝画》）

戴嵩画的牛极为细致逼真，宋代米芾是个造假的行家，但仿造的戴嵩画最终还是被识破：“客鬻戴嵩牛图，元章借留数日，以摹本易之而不能辨。后客持图乞还真本，元章怪而问之，曰：‘尔何以别之？’客曰：‘牛目有童子影，此则无也。’”（《清波杂志》）戴嵩所画之牛还曾被牧童所嘲笑，《东坡志林》中记载了这样一则趣事：“蜀中有杜处士，好书画，所宝以百数。有戴嵩《牛》一轴，尤所爱，锦囊玉轴，常以自随。一日曝书画，有一牧童见之，拊掌大笑，曰：‘此画斗牛也。牛斗，力在角，尾搐入两股间，今乃掉尾而斗，谬矣。’处士笑而然之。”牧童从生活经验出发，所言当然有理。不过戴嵩恐怕未必不知道这一点，可能是在画中采用了艺术变形与夸张吧。扬尾比起夹尾来，当然更能显出斗牛的气势与力度，虽不符合生活，但艺术效果更佳。

讲到最后，还得说起两种名字中带“牛”却根本不是牛的小动物——天牛和蜗牛。虽然是两种“冒牌”牛，但古代典籍中同样对它们记载颇详。天牛之所以能获得这个美称，依照李时珍的说法，“此虫有黑角如八字，似水牛角，故名”（《本草纲目》）。《遯斋闲览》云：“皂角木五六月多大黑甲虫，俗呼为天牛。”苏轼有首诗就是专咏天牛的：“两角徒自长，空飞不服箱。为牛竟何事，利吻穴枯桑。”（《天水牛》）至于蜗牛之得名，也是因为它那两只角，“蜗虫有两角，俗谓之蜗牛”（《经典释文》）。苏轼诗中也写到了它：“风定轩窗飞豹脚，雨余栏槛上蜗牛。”（《次韵周开祖长官见寄》）说来奇怪，天牛啃树，蜗牛食菜，这两种小虫在现实生活中都不是很可爱，一旦入诗，倒是别有佳趣，恐怕也是沾了“牛”的福气吧。[①]

---

① 本文发表于《古典文学知识》2021 年第 5 期。

女儿：我们的怕与爱

世 宾

这是一个多么娇嫩而美好的生命啊，她是我们已经四岁的女儿。如果她在睡梦中，那张小脸是那么安静、甜美，仿佛对身外的世界是那么放心，她可以在自己的睡眠里自由地玩耍，纵使在梦里，也没有鬼怪和大灰狼来敲她的门、抢夺她拥有的花地和果篮。那张小脸粉红柔嫩，绒毛细微；睫毛调皮地在眼睑下舒卷着，就像在继续表达她睡觉前强烈拒绝睡觉的愿望；红红的小嘴唇嘟嘟的，那是血气丰沛的表现。如果她醒来——只要一醒来，就立刻睁开眼，嘴里念叨着“妈妈，妈妈”；无论梦里多么甜美，她都没有多大眷恋，她更热爱的是这个有爸爸妈妈、有许多玩具和一些惊喜的世界。窝在床上不一会儿，她就无法再安静地保持她许诺的礼貌了，她开始乱动，开始吵吵嚷嚷了：“爸爸妈妈，起床了！天亮了！”可能是觉得躺在床上索然无味，或者觉得打扰了我们睡觉有些抱歉，因为她妈妈曾经对她说大人白天工作很辛苦，要多睡会儿，于是自己悄悄地溜下床，光着脚丫子啪啪啪跑到客厅里，认认真真地读起那些百看不厌的小书来，或者拿起剪刀，熟练地玩起剪纸，剪出一些颇有形象感的纸样。

对于她来说，一个白天是多么地漫长，她要从事很多很多的事情。如果她不用上学，就会要求我或者家里人带她去天河公园，她要带些鱼食、面包去喂鱼，公园里成群结队的锦鲤鱼抢食的样子和它们摇动尾巴拍打出乱溅的水花总是让她惊诧不已；出门前，她还会郑重其事地告诉我们，在公园里除了免费的项目，她还要再多玩一次旋转木马，甚至会强调只玩一次。当然到了现场，是否一次就得看她的状态了，你看她咬着嘴唇，依依不舍又一忍再忍的样子，就实在有些不能硬着心肠拂逆她的愿望。有时她会仰着小脸告诉你：“爸爸，我虽然很想再坐一次，但我能忍住！”有时你于心不忍，问她你是不是还想坐一次，她就会很不客气立马应道：“是！”中午要她回家，可又得费一番力气，就像一会儿回到家后要她上床睡午觉一样，她总是那么舍不得那些她迷恋的东西，总想和它们再相伴一会儿，和它们玩耍、说说话，给它们安排各种角色。在某些瞬间，她的生命完全和她专注的对象融在一起，那里面拥有的欢乐、惊奇全部是属于她的，而反面的那些东西，疲劳呀、乏味呀、无聊呀，这些一样也不留；在她的心底，在她的性情里面，她只拥有和保留那些美好的感受。这是所有小孩的天性，在他们还未被玷污的时候，他们的感受力和热爱都朝向事物美好的一面。

这个小家伙身体是那么地健康，每一次小小的运动，她都会把自己整得满头大汗，把自己的小脑瓜弄得像刚打开蒸笼的包子一样热气腾腾；在八九个月那么大时，还不大会走路，就能在柔软的床上歪歪扭扭地翻跟头，现在早就掌握了这一项运动的要领，每一个跟斗都笔直笔直的；至于幼儿园那些活动设施，她可从小就没有胆怯过，甚至常常越过界线，做些危险的动作。这时她紧紧张张地攀爬在那危险的高处，得意地问我："爸爸，你看我厉害吗？"我最喜欢听她问"我厉害吗"，她当然厉害，在她那小小的身躯里，竟蕴藏着那么大的能量和勇气，为了荣誉，能战胜自己的胆怯和力气不足的弱点。当然有时我会、也愿意夸大她的能耐。我当然知道小孩的身体比大人要柔软得多，小时候躺在床上都要抱着自己的脚丫往嘴里啃。现在她大了些，练跆拳道，踢腿，拉身子，我又想看她能否把脚丫抬到嘴里；我先示范，抬起脚往嘴上拉，却怎么也拉不到，并由于重心失衡，理所当然地摔倒在地上，而她笑嘻嘻地举起脚，一只手扶着椅背，轻而易举地咬着自己的脚丫，她比较着我跌倒在地上的狼狈样，得意地问："你看，我厉害吧！""当然厉害！"我由衷地赞叹。

去年（2011年）寒假，她回到老家潮州，和爷爷奶奶住在一起。据说在那些日子里，她每天都给奶奶制造很多笑声，她会有很多的鬼点子来和爷爷奶奶玩，会说些很让人心暖的话，那一切仿佛都是从天上掉下来的，或者就是从一块野生的地里像无人打理的野草一样就长出来了。一次她和奶奶出去玩，那时她的脚步已经有力了，不像更小的时候，总是拦在大人的面前，要求别人抱她；现在会自己走路了，她把自己的小手交到奶奶的手里，并且很体贴地叮嘱奶奶："奶奶，你年纪大了，别走得太快！"说完，她就迫不及待地打听要去玩的地方有什么好东西。她对奶奶的关怀是那么无意，只是来自心底那一片广袤的土地随机地冒了点芽头，便不管不顾了；但那是多么柔软、翠绿，散发着一种沁人心脾的芬芳。

在她愿望得不到满足的时候，她会生气。我见过她在家里生气撒泼的时候，但这样的情况不多，而且随着年龄的增长，越来越懂事，越来越能够控制自己的情绪了。她的生气有时候也是合理的，那时候，你看着她的生气，心里会有一种欣慰、不忍，你只想弯下腰，轻轻地抚慰她。就在三岁那年春节，我带她到潮州西湖山后面的运动场去玩，许多孩子在运动器械上玩着自己心仪的运动。我们这个小家伙看上了一个秋千，但此时秋千上已经有个小姐姐玩得正在兴头上。她站在旁边两眼巴巴地盯着晃晃悠悠的秋千，那飞翔的姿势早就在她的心里划下了一道道优美而又令人心痒的痕迹。她轻声地在旁边说："姐姐，让我玩一下吧！姐姐，让我玩一下吧！"但小姐姐正在兴头上，而且有那么多人围观，那她就更不愿意放弃这一心旷神怡的机会了。小姐姐飞呀飞呀，小家伙等呀等呀；我拉她走，让她一会儿再来玩，她不肯，嘴里念叨着："让我玩一下吧！让我玩一下吧！"慢慢地，可能是等待让她疲倦了，热切的希望越来越渺茫了，眼睛越来越无神，眼眶里积聚着泪水。作为大人，又不能要求别人的小孩做出非如此不可的选择，我们也帮着询问过“小姐姐让妹妹玩一下行吗？”但也被拒绝了。等了很久，站在旁边的小家伙发怒了：“大灰狼姐姐，大灰狼姐姐！”她骂人的样子可爱极了，忍着愤怒，忍住泪水，这时好像荡秋千的愿望已经没了，只有那难以忍受的委屈和气愤统治了她小小的心灵。虽然她受到很不公平的待遇，但在她小小的心灵里，并没有产生恨，那块土壤里没有恨这颗种子，从她的眼睛映照到她心上的只有丑或者坏，她用“大灰狼”就是给那小姐姐的定义。后来的解决方案还是小姐姐让给了她，笑声和眼泪一起在秋千上飞。

每一个小孩都是纯洁的天使，我们让他们来到人世间，就是希望他们能活得健康、幸福。有一句话说得很有哲理：这世上所有的爱，只有一种爱是为了分离，那就是父母对儿女的爱。在他们未来的时光里，这些将离开父母独立于社会的小家伙如何能获得幸福呢？如果幸福只是比较出来的，如果我们的同情心足以让我们希望没有一个孩子陷入不幸，那么我们从自足的角度，用普希金的诗来表达这一意思可能更加准确：没有幸福，只有宁静和自由。那他们怎样获得“宁静和自由”呢？在我的教育观念里面，我只想给予她两样东西，那就是爱和力量，我认为其他的美德和能力都是从这两点衍生出来的；也只有爱和力量充分发展起来，宁静和自由才能在生命里得到理解和保证。爱的教育和力量的教育从她出生的那一刻开始，我就希望能把它们或者说我对它们的期望传递给她。在她牙牙学语的时候，我就告诉她“爸爸爱贝贝”“妈妈爱贝贝”“贝贝爱爸爸妈妈”，小贝贝学会的第一个动词就是“爱”，在我的愿望中，我希望这个词在她的生命里扎下根，并以这个词去关照她必然要相逢的这个世界。我写过一篇文章《语言在塑造孩子的未来世界》，就像上帝用语言创造了世界，我也希望教给孩子的那些关键词能够在未来开启他们的世界。无疑开启、塑造孩子的世界是一个漫长而又艰苦的过程，绝没有一劳永逸的途径，它需要我们一点一滴地去引导，去建构。力量教育涉及的方面可能还更加广泛。爱就是爱人，爱周遭的一切，动物、植物、大地、环境、社会；无论自己处于怎样的境地，都能保持一颗爱人的心。力量教育不仅指强健的体魄，还要有丰富的知识和上善的心智，以此来完善她的灵魂；并且依靠那健康、有力的灵魂来支撑爱在人世间的落实。懦弱和无力感会扭曲和削弱爱在现实中的实施，许多美德和良好的愿望都是因为懦弱和无力而被扭曲并最终消失在恶的逼迫之下的。

小贝贝无疑是个健康、聪明、快乐的孩子，她非常满意来到我们中间。虽然作为短暂性的人，我们不知道未来意味着什么，我们能否带给她在我们内心中许诺给她的所有幸福；能否让她避免厄运和不幸的侵扰；能否在她遭受困难的时候使她依然保持信心并不断获得新的力量？能否在我们离开人世后让她作为新的主人独立于世界？我们确实无法万无一失地保证，因为我们在万物面前也是一颗无力的尘埃，这也是我们久久拖延，舍不得她到来的原因。但至少现在她对于自己的到来是满意的，她说：“我曾经坐在一块神奇的木板上，在天上飞来飞去，不知怎样就落在了一个屋顶上；那神奇的木板飞走了，我就沿着烟囱滑下来，然后就爬呀爬呀，爬到爸爸妈妈中间。”那天晚上，她穿着一身红色的睡衣，躺在我们中间，我开她玩笑，说她像从火炉里捞出来的一块红通通的铁块，她就和我们讲了这个故事。多么温暖，多么让人心生怜惜的故事啊！它唤起的不仅是欢喜，是甜美，它唤起的更是一种责任，把你从一切宏大的想象拖回关于她的所有细微的事物上；它使千军万马、千山万水变得毫无意义，让你愿意割舍一切身外之物，为她守住那小小的一角，一方天真的园地。

在我写作这篇文章的一个晚上，我做了一个梦；那梦让我无论在梦中，还是醒来，都感到恐惧，无力。我不知是因为近日玛雅人的末世议论，还是沉淀在下意识里的对人类生存的悲观，我在梦里看见一艘船，隔着栏杆，里面运载着许多蝴蝶，其中有一只蝴蝶就是我的女儿。而那艘船已经进水了，船头慢慢地扎向水里，眼看就要淹没了。我是一只眼睛，在画面之外，我就恐慌地目睹这一悲剧的发生，却无可奈何，我没有任何力量去逆转事态；那些小蝴蝶惊慌失措地挤在铁栏杆里，无声地呼唤；而那一只最熟悉的，它的恐惧和呼唤，是那么让我揪心，那么让我感觉到天地间的苍茫和空洞。

这虽然是一个梦，但我们在现实中和在梦中一样，都是那么无力，那么身不由己，你的愿望、渴求，纵使你跪下，也没有任何力量帮你改变那必然要发生的命运，这也是当初我们迟迟不愿意她来到人间的原因。“天地视万物为刍狗”啊，我们也仅是万物中的一粒尘埃。面对这种总有一死的人生，面对如影如泡如沫的一生，我们究竟为了什么，仅仅为了这么短暂的相聚？还是只是因为我们对死亡的恐惧，对死亡到来时肉体那一瞬间的痛苦的恐惧，对死亡之后茫茫虚空的恐惧，才让我们一再地把自己挽留在这充满苦难的人间？对于我本人这个个体，我仿佛已默认了苦难在生命中的存在，“人生正道即沧桑”，是不同的苦难和沧桑塑造每个个体不同的人的形象；我也正是在苦难之中认识了世界，感受到爱和希望的存在。法国思想家薇依认为：上帝存在于苦难之中。她不会在奇迹中去寻找上帝的影子，她只在苦难里面体验上帝存在的拷问。然而，对于另外一个人，对于自己亲爱的女儿，我多么希望能看到苦难能远离她的一生，陪伴在她身边的只有欢乐、幸福，像阳光普照的大地。但这是不可能的，就像实体会有影子一样，苦难、屈辱、不幸总是要降临到每一个生命的身上！难道我们把她生下来是为了让她来受罪的吗？来经受人生绕不过的苦难吗？

在怀上小贝贝之前，我和她妈妈都没动过怀她的渴望，虽然双方的父母都跟我们有过语重心长的谈话，但我们没有感受到太大的压力，也就没有过分地把生育这件事放在心上，能拖就拖着。在我们民族的文化里面，留后的观念还是十分强烈的，特别是想到老来时的孤苦伶仃、无所牵挂的凄惨晚景无不提高了生儿育女的必要性的说服力。我时常能在母亲的言前语后感受到她的想法，她没有逼迫，但总能透露出对有个孙辈的渴求。她告诉我男女都无所谓，有一个就行了，仿佛很开明的样子；事实上在她的心底，当然希望有个更满意的结果，那就是有个男孙。后来我和弟弟都生了女孩，在高兴之余，我们还是给她留了一丝丝的遗憾。我弟弟的小孩早产了半个月，她几次念叨着，那本来是个男孩，就是跑得太快了，把“小鸡鸡”给跑丢了，言语间看得出满意中对缺憾的无奈。在我和妻子之间，是我先动了生育的念头。

我必须承认，我对自己的人生并不十分满意，虽然我有过努力和抗争，但扭曲和弱化还是在日常的秩序中把我改造了，我看不到我在少年时曾经希望看到的那个样子，妥协、怯懦，以及负面打击所唤起的自我放弃不断地侵蚀着我的生命。生活和时间的尘埃纷纷落在我的身上，我不能说我完好无缺。在这样一个时代，在这样一个地方活着，我们有什么力量来抵抗这种必然要受到扭曲和伤害的命运呢？我无法掩耳盗铃地麻醉自己，也无法熟视无睹地唱着赞歌。我曾经在初恋时和女友说我们就这样相依为命，过与世无争的生活吧，但现在的生活显然并不支持这种乌托邦的幻想；我们只能在泥沙俱下的日常中过一种躁动的但又浮光掠影的生活了。对于秩序的默认，就是对于被规范而且必然要到来的命运的默认，看到这种命运——我称为蝼蚁般的生活，我就仿佛看到了人生的荒凉和无边无际的虚空；我感觉如此活着，我就只是一个躯壳，因为我不是自己命运的主宰，我的主体性被不断侵蚀、弱化，我的意愿从未真正出现在重大的选择中，准确说我无法自由地选择自己的命运。

这也是我结婚近十年不想生育的原因。里尔克在《果园》的第一首诗中问道：爱和无畏如何结合在一起？在人间，爱和无畏是无法结合的，爱念一动，畏惧就产生了；因为爱，所以害怕失去，而且必然要失去。爱可能让我们变得坚强，但面对爱本身，恐惧是深埋其中的。但我推迟生育的主要原因还不是恐惧，或者当时的恐惧还不是指向爱本身；我的恐惧是对外部环境的不信任和对自我完善的期待——对自身的条件和环境不满意。当然后来生育了小孩，并不是就满意了，条件就成熟了，只是因为观念有所转变。充斥着冷漠、谎言、灾难、恐惧、痛苦、不幸的世界是我们无法改变的，我们终其一生必然要置身其中；但我希望自身稍微有力量一些，能抵抗外部对个体的侵蚀、伤害，更有力量一些来保护我们的后代，使他们能比我们更加健康地成长，避免那些黑暗的力量在她无法选择的时候给她带来不该的伤害。我的力量来自我自己的成长。在我年轻时，面对未知的艰难的未来，我一直满怀着信心，我一直能够按自己的内心去选择生活；我没有向权势低头，也没有受到这个时代虚浮的价值观的诱惑——我有过漫长的内心生活，我与诗歌、与内心的梦想常常能结合在一起。但这远远不够，我希望能守得更久，把自己塑造成一个自己满意的人，那个具有力量和尊严的人的形象能够在内心永远定形下来，不再被未来的困厄所干扰，被时间所改变。只有这样，我们才能富有勇气地置身于自己的命运中，能富有力量地抵抗畏惧对生命尊严的侵蚀。

在我三十七八岁之后，生育的观念有所动摇了，我不知道是否因为年龄渐长使我看到了晚年无后的空疏，还是对自己有了一点对未来命运的把握力而敢于承担那些可以承受的责任？小家伙还是来了，我没有惊慌失措，也没有欣喜若狂，对于这巨大的生命秘密的降临我显然无法用一种情绪来概括，欣喜、恐慌、茫然、患得患失，甚至不以为然，但我只有一个意志是不可隐瞒的，就是我必须无条件接受她在我们生命中的到来。我有好长一段时间对她的到来处于恍恍惚惚的状态，甚至在她出生后的一两年时间。我不能真实地确认一个新的生命就真的出现在我们中间——虽然妻子肚子的隆起，小孩在怀里的哭闹，她的吃喝拉撒，无不在提醒你：我来了！但我还是有些茫然，纵使面对着那个小不点的生机勃勃的血肉之躯。可能是生命这个问题太庞大了，我一时无法把握。只有等到小家伙长到两岁多，开始上幼儿园，开始能和我交流，我才确确实实地感觉到她的到来。每天早晨，她坐在我的肩膀上，唱着不成调子的歌儿，啦啦啦，啦啦啦地上学去，我忽然被一种透彻的喜悦淋得浑身舒坦，它把我从混混沌沌的生命状态中唤醒过来。与她相处，那不是一种日常的社会化的生活：在她欢乐的那一刻，我不会想到过多的生命本身之外的东西，我只和她一起享受生命愉悦的状态，我的的确确感受到生命的清白、安详；那一刻，她带领我沐浴在和煦的光亮中。

面对女儿，我现在强烈地交错着这欣喜和悲凉两种情绪。看着她聪明伶俐，天真活泼，你会不由感动得柔肠寸断，那是由悲欣交集的人生所赐给你的一种情感，使你在喜悦里体验到一种不确定的生命可能；或者说，是因为你理解了生命的脆弱性和不确定性，所以你享受那来自儿女的喜悦，也体验到喜悦裹挟着的无法摆脱的恐惧和如影随形的遗憾。

小贝贝是我的女儿，也是人类的女儿，她必然要和她的同代人共同担当他们的命运，人类的苦难、不幸和欢乐她都会与其他人一样去经历、承受，并且在此之中成为一个内心丰盈、正直、富有勇气的人。人间并非净土，也不是一个乐园，唯有不屈不挠，奋勇前行，用力量和勇气去探索、抵达那人类的幽暗之处，才能造就一个丰富性的人；才能无论出世还是入世，作为短暂性的人，才不至于在浑浑噩噩的命运中被一笔勾销；才能在磨难中散发人性的光芒。

◇ 作者简介 ◇

世宾，诗人，毕业于华南师范大学中文系。担任广东作家协会创研部副主任、广东诗歌创作委员会副主任、东荡子诗歌促进会会长。在《人民文学》《诗刊》《花城》等几十家文学刊物发表作品。著有《批评的尺度》《大海的沉默》《迟疑》《交叉路口》等作品。

一去不返的故乡

世　宾

故乡，一个多么迷人的词语，一个可以收留肉身和灵魂的地方，没有故乡，就没有栖居之地。特别是对被传统乡村中国塑造的人来讲，因为没有宗教，土地和它上面生生不息的亲人、村庄和房子就是唯一的皈依地，可以不管外面的风风雨雨，一辈子安居于里面。一个人作为一个故乡的存在物，成为故乡的一部分，把生老病死都交给它，做这里的一棵树、一口池塘，在宗祠里找一块匾牌，听任时间的流逝；也可以出门，去做一番事业，然后荣归故里，光宗耀祖。此时，故乡是出发的地方，也是回归的栖身地，它可以收埋他的情感和骨灰。现代的工业化和市场化，为安居于乡村的人们打开了一片广阔的生存天地，许多人从故乡走出来，他们为更多的生命的可能，到外面拼搏，也创造新的生命。他们不再听任故乡的规训，从它的物质条件、伦理和理想中抽离出来，在外部的环境中重新塑造自我。他们也许创造了新的自我，也许依然灰头土脸，但故乡作为中国人的根，总有割舍不断的依恋在维系着游子的情感。

这些年，广州一批诗人一直在搞“出生地之旅”的活动，十来个诗人朋友相约到一个诗人的老家，去看看他的老屋、学校、村庄，他小时候生活的地方，和当地的文友交流。这个活动目的在于更深入地了解诗人的来路，也把这些诗人作为诗人群体的切片了解一代人的挣扎、成长和不屈；加深朋友们之间的友谊。在这一系列的活动中，我去过黄礼孩、安石榴、黄金明、梦亦非等人的故乡。

他们都出生在乡村，那是 20 世纪 80 年代之前中国大多数人生活的地方。那时候，贫困、封闭统治着广大的乡村中国，许多人在里面无知无觉地活着，日出而作，日落而息，苦苦地挣扎着，世世代代周而复始，像草木。在这样贫瘠的地方，当然也孕育着勤劳和不屈的人们，只要环境宽松，有更多的机会到来，其中具有强大生命力的人就会努力突围，去开辟一片新的天地。我的这些诗人朋友就是一群不甘被命运规训、压垮的人，无论是读书上大学还是半途辍学，他们都用尽力气离开自己的家乡，通过不断地阅读，勤奋地工作，在异乡开启了新的人生。

到他们家乡行走、参观，能感受到更多乡村在经济发展大潮中水涨船高的变化。他们是幸运的。他们的家乡要么在大海边，要么在大山里，这虽然可能加深他们童年生活的闭塞和生活的贫困，但这种环境，为他们离开故乡多年后，依然保留着祖屋、田地、青山绿水和早年生活的原貌提供了天然的条件。他们的故乡总地来说依然生机勃勃，主要是他们的村庄依然适于居住，依然有亲人、邻居在那块土地上耕作、生活。虽然和其他村庄一样，有不少年轻人已经离开这里，但老人和孩子，还有一些安于这里的人们依然会在这里耕作，生儿育女；甚至因为某些物产引来了投资，建立了加工厂，或者把民居改造成民宿，他们在工厂里成为工人，在服务行业里成为服务员。他们在这里的存在，增添了乡村的活力和生机。道路得到了维修，绿化带和一些简易的运动设施虽然有些已掩埋在杂草中，但还是留下热爱生活的印迹；摩托车和小汽车偶尔驶过，或者在某个路口留下家人告别的欢乐身影和孩子们的笑声，这都说明这村庄依然富有活力。我的这些诗人朋友的家人基本上都在老屋的宅基地上重新建起了楼房，虽然建筑保留着这个时代的粗俗、随意、缺乏风格和对长久的家族定居的追求的欠缺，但也算是宽敞、舒适；甚至我们十几个人的到来也能保证两三天的住宿而不至于流落街头——每个新家都预留了几间客房。水泥砖坯的结构，自来水、冲水便坑、木头沙发、贴着马赛克的墙围和水泥地板，已显现了20世纪90年代和21世纪乡村的殷实，虽然还没有超越乡土中国的现代视野和城乡接合部的做派。只有梦亦非的祖屋保留完好，布依族的木房子在大山里的山坡上错落，幽暗、结实，已经被日月和时光熏黑的木板、瓦片一方面能感受到岁月的痕迹，一方面在巨变的年代面前，又仿佛时间和时代的流逝和变化从未在这里发生，仿佛这村庄还沉浸在农耕文明浓浓的炊烟里。当然，这样的条件就使我们的到来而不得不惊动老梦的亲戚、邻居，我们不得不去别人家借宿了。

我想说的是，这些诗人朋友从怀旧的角度看是幸运的，他们都有一个故乡可以回去，可以回到他们的童年，那里依然混乱、乡土气息浓郁，但又因为人的活动而生机盎然。这至少是我这个外来者对朋友们生活过的故乡的观感。我不知道故乡在精神性上为他们保留或者提供了多少滋养或可以皈依的地方，但物质的故乡还依然在那里。

而故乡对于我却是双重的消失，无论是形式的故乡还是精神的故乡，准确地说精神的故乡上天从来就没有馈赠给我，而物质的故乡却在小市镇的破落中逐渐成为废墟，我也许天生是一个没有故乡的人。

小时候，父亲在广州工作，母亲在老家拉扯着我们兄弟姐妹三个，有时我们也会到广州住上一两年，但由于父亲的宿舍过于狭小，住不下一家人，又回到老屋。我们的家庭因为父亲的缺席，与拥有农具、耕作、熙熙攘攘的家庭相比，显得冷冷清清，与众多的农民家庭有些格格不入。除了父亲，我们一家都算是农村户口，有几分薄田，但由于缺乏劳动力，常常处于半荒废的状态，收成也相当可怜。母亲是地主家庭出身，老高中毕业生，而且是潮州高级中学的优等生，侍候农田的事务于她就是行外之事；农忙时请几个亲戚应付一下就草草收场了。粮食不够吃，就靠父亲的一点工资和海外亲戚的接济。一个孩子小、父亲在外地的小知识分子家庭在村子里就像个外来户。两间祖屋小时候漏水漏光，后来在亲戚朋友的帮助下，维修了一下，但也改变不了它风雨飘摇的样子。1978 年初，父亲工作调动，从广州回到了潮州，在一所师范学校当老师。由于落实知识分子政策，我们一家的户口都迁到潮州市区，家也搬过去，住在学校里的宿舍。两间旧屋就留给邻居居住。后来邻居们在旧村子外新建了楼房，也都搬出去了，留下几条空荡荡的巷子和许多空落落的房子。它们已经无人居住，墙体在时光和风雨中剥落；有些房子也开始坍塌。门户已经不再上锁，成了无主的空屋，只有狗和猫来光顾；杂草在屋前屋后的水泥和石头缝隙中顽强地生长。我们家房子的木门有些地方也腐朽了，上锁也只是一种形式。村子林氏那个角落，在夏日炽热的阳光下，就像一帧死寂的黑白照片，惨白、无人，只有几处残壁断瓦在日光下投在地面上的阴影。这样的巷道已没有故乡的感觉了，它只是一个空壳。村庄因为活力的干枯，已装不下童年的记忆。嬉闹的身影、自行车铃铛声、午后卖糖水和收破烂的吆喝声、经过门前赶集的村民邻里都消失得无影无踪，只留下无边的空寂和荒废。这也是我这么多年没有邀请朋友们到我的故乡的缘由。童年生活的地方没有立锥之地，匮乏和残败仿佛在我的出生地与日俱增，至少现在是这种感觉。

这是否和我对故乡的定义有关呢？“故乡”这个词就像“家”

这个字一样，应该是可以安顿身心的地方；它应该是属于过去的、童年的，是我们现在已在时间和空间上产生断裂或割离的地方，也是在精神和情感上可以皈依的地方。如果现在还住在那里，那就不是故乡，而是家。但安顿身心又是那么重要，生活过而没有被养育过的地方，在我的情感里，很难称为故乡。并非说我对那生活过的地方没有感情，而是我对“故乡”这个词有着更高的要求，它不仅有生养我们的功能，还必须有收留我们精神的功能。我此时不得不使用“故乡”这个词来描述它，不然没法叙说那个童年生活过的地方；但它已经无法收留我的走远了的灵魂。这是否是我的责任？我目睹我的生命按自己的意愿远走他乡，并在他处吸收营养并获得成长；我看到更高远的事物它依然在召唤着我，这使我对故土的依恋和认同受到削弱，也对它存在的问题保持着审视的态度。我有资格审判它吗？这种批判和怀念交织的情绪的确使人陷入了尴尬和欲说还休的境地。

我的故乡在潮州市浮洋镇庵后村，是环绕在镇市四周的众多乡村之一。乌压压的房子拥挤在一起，墟市周围好几个村连成一圈，形成颇有规模的乡镇。这些中心村庄周围又围上十几二十个村庄，一围一围，中间隔着些不断被房子侵蚀的农田。这里至少居住着十几万人，最大的村庄就有三四万人。这种居住规模和环境在潮汕平原是十分常见的。如此众多的人口聚居，却没有形成城市，它只是在拥挤的房屋中间腾出了一片空地，农民们在空地上买卖他们的农产品和廉价的手工产品而形成墟市。方圆一公里的墟市上，中间是居民屋，外面环绕一圈就是临街铺面，西边空地是主要墟市的集散地。墟市时四乡八里的农民和一些赶圩贩卖各种小商品的生意人就聚集在这里做买卖。小孩常常在这些随意摆放的摊档间穿行，贪婪地看着看似琳琅满目事实却十分贫乏的小点心、小商品。童年的乡村在墟市的外围不远处，但算是农业户口，每人才有两分地，一年四季种植水稻、蔬菜也只够勉强糊口。十几二十个村庄就这样密密麻麻地挤在一起。童年的村庄就这样艰难地趴在众多的村子中间，暗淡而逼仄地存在着。

庵后村估计有三四百户人家，有黄、林、朱三姓，黄姓是大姓，这个姓氏的人现在在村里的还有不少，他们的宗祠、房子还在维护、翻新、修建，他们居住的那一片貌似还生机勃勃；林姓这边就显得破落了，人口好像离开得挺多的，散落在潮州、广州、北京各地，只有过节时才会回去集体祭拜祖先和家神。林氏其实是一个大家族，大约有四五房，一房有七八户，其中有两房由于祖屋的争夺，造成了我们居住的几条小巷常常处于紧张的状态中。小时候看邻居的大人和小孩为一些小事吵架，人多时的一方就杀到对方的门前宣示自己的力量。狭窄的巷道因为人头攒动而充满危险和浓厚的火药味，随时都有挤破的可能。女人的诅咒声、哭喊声和男人愤怒的威胁声在巷道里飘扬、激荡，或者从某个门洞里冲出几个气势汹汹的男女，有时是刀具的撞击声，这一切加紧了巷道里的紧张气氛。父亲在广州工作，后来又调到潮州城里，我家因为弱小，或者说有点书卷气，多了点斯文，也就从没参与任何邻里的争斗。物质的匮乏和伦理的失守，人们常常为一寸地、为住房的滴水、为猪吃了菜地、为田间的灌溉而争斗。争夺成了小时候的生活背景，人活着只沦为觅食的动物。

村与村之间的械斗也常有发生。从上小学到初中毕业，近十年的时间我们村和相邻的另一个村就因为争夺水源而发生几场械斗。我们村一个年轻小伙子被打到水塘里，村民合力把他救了回来，但由于脑部受伤，落下终身残疾。我们村人口不多，但非常强悍，村里的小孩从小都到黄氏祠堂外面的晒谷场上练武；村里有几个名声显赫的拳师带领大家。那个和我们村械斗的村子人数要多我们几倍，但任何时候都没有占太多的便宜。那几场械斗中，我也参与了捡石头，扔石头。那战斗的激情振奋了我很长的一段时间，使我在拳头、药酒和对胆量的训练中进入了青春期。直至我们家跟随父亲离开家乡，搬到潮州市区。

童年的生长其实是没心没肺的，无论生活的环境怎样，总能在贫乏中找到快乐。在那样的环境中，我野蛮又自由自在地长大起来。虽然有几次小孩间不知深浅的游戏，几次水池中的打斗，都差点要了我的命，但我还是幸运地走到了今天。

离开家乡后，我还是经常回去，当然这个次数是在不断地递减中。刚搬到潮州城，回去主要是去看望老同学，骑着一辆破单车就溜回去；逢年过节也回去参加宗族祠堂的祭拜活动；离开潮州到广州读书、工作后，就更少了，回去也可能只是对记忆的某些牵挂，童年生活的老屋、嬉戏的巷道。这时候已经很少有看望老同学或者老邻居的心情了，这可能是几十年的不同生活已经把我们的关注点——无论是对生活还是对生命——都引向不同的地方，他们只生活在我的记忆里。

现在有些时候，我会检点童年的故乡究竟给我留下什么，或者馈赠给我什么。也许我不是一个诗情画意的人，无法用诗情画意来描写我的故乡。那里嘈杂、混乱、贫瘠，每天早晨福洞村的农民上市卖菜的自行车铃声都会从巷子的那头响到这头，如果自行车两边载着箩筐，窄小的巷道有时就会把车子卡住，在两堵墙之间进退不得。就这样窄小的巷道还成为另一个村上市的必经之路！我们家住的是我爷爷传下来的两间小屋子，在巷道的一边。小时候家里的地面是坑坑洼洼的、垫着白蚬壳的泥质地板；屋顶是“日出鸡蛋影，雨来摆钵仔”的瓦片盖子，这应该就是贫困的象征了。但在左邻右里之中，我家还不是最贫困的，我记得在青黄不接的时候，还有几家人有时会到家里来借半桶米。物质的贫困现在想想还不是童年最大的缺陷，嘴馋或者吃得饱不饱，这些生理的需求反正只是瞬间的，事实证明我的身体是健康的，没有留下什么遗憾。但精神的饥饿和营养不良却是无法弥补，没有音乐，没有艺术，没有书籍，只有争强斗狠的街头游戏。如果没有后来的阅读，我可能会因为在与人斗狠的过程中不知把命运拐到哪里去。20 世纪 80 年代末的潮州小城，在青年群体中流行着当街头混子的流氓文化，出门总在单车斜杠上绑着一把刀或一截水管，不少年轻人以能进洪山看守所为荣，进去一次比考上大学还牛。这样的人是可以在街头和迪厅里横行的，许多小姑娘也会来到他的身边。而我那时候因为住在父亲的学校里，也在这所中等师范读书，有一个向我开放的图书馆，西方现代主义的哲学、文学和艺术，中国当代的先锋派小说和诗歌是我阅读的重点，那些书籍使我走向了一条内心的、精神的道路。好高骛远、不切实际的思想不知和少年时的争强斗狠有没有关系，但我妈赠送给我的“把坟墓看成房子”的人生定语却被我骄傲地背在身上，在很多问题上我的确常常和他人看法不一。

对于故乡的回想并不能加强我的赞美，但我也未曾离弃，就像一个伤疤一样，我接受了下来。有时回去，就是去看看那已经不用闭门、快要坍塌的祖屋，看看那人气稀少、近乎荒废的巷道，少年时的嬉戏场景时而还闪现脑海，但荒草已经在墙角蔓延开来。那在拐角处卖零食的阿婆已经化成了尘埃；那打锡器的铺面已糊上了泥浆；那曾经让我们在黑夜里疑神疑鬼的巷道更加地斑驳、荒凉……

这些年，有时候我会带一两个要好的朋友回去，也会带女儿、家人回去，去看看那破旧的祖屋，看看童年生活的地方。回去，也许只是为了记忆，只有记忆才和现在血肉相连，而那过去的生活形态，都在时光中消失了。回不去的故乡的确使人遗憾，但如果能拥有记忆，如果有足够的反思能力，那匮乏的生活也可以成为滋养往后时光的养分。

我是否对“故乡”这个词的要求太高了？虽然在那里我遭遇物质和精神的双重匮乏，但我毕竟在那里还有两片屋瓦，父母在那里生育了我；那里的功夫茶、精雕细琢的潮汕老农的耕作方式、美味可口的潮汕小吃、对神的敬畏，这些传统的生存习惯、生活风俗在不知不觉中也潜入了我的生命。我现在的样子事实上有很大部分是故乡在我幼小的时候就塑造了的，如果我对故乡颇有微词，那也是我对自己的现在的不满意所导致，我可能可以成长得更加完美，但事实只能是这个样子。人是被自己的家庭环境、社会环境所塑造的，特别是社会、时代的文化、教育，深刻地影响了人的塑造。我常常意识到自己少年时成长土壤的贫瘠和精神滋养的匮乏，我的营养不良能否归结为故乡的罪责？当然我知道我的失败原因不是全部来自外部。我是否对故乡过于苛刻?！

故乡的衰败和没落已是事实，它在我童年时期已经埋下了根。故乡的衰败和我的失落从另一个角度看并不令人沮丧，我甚至认为这是现代化进程的馈赠。故乡的没落就是农耕文明的没落，我的失落应该也是一个具有反思能力的人的觉醒。现代化的城市进程导致了故乡人口的流失、房屋的空置和坍塌，以及人的生存方式的改变。

我相信在故乡的废墟上，有可能在改造中耸立一座新的城市，也可能在更久之后，这片狼藉的瓦砾地，会交付给树木和茂密的植被。这样想想，便不会太过沮丧。

与儿子的絮语

张　然

上个月加加问我："外面怎么见不到古代的人了呀？"我只好说都死了。加加说："死了去哪里？"我说："埋在地下，会腐烂。"加加听了也没什么不舒服。

当时急于应付问题，没有细想。思量至今，需要补充一些话——加加，我们说的古代、现代，是把人类的历史时期串起来讲，好像真的有这个历史。而黑格尔说，只有人类有一个历史，动物没有。古人与今人，每个人都有属于自己的生日与死期，未来的人也一样，每个人都在从生到死的这个线段里，自成一个世界。现在，古人都死掉了，但"现在"是你的看法，只因为你出生在古人之后，可是古人也有自己感知的"现在"，在每个人内心世界的那个"现在"，谁先谁后？把这些生命平行放置，你会庆幸自己的晚生与晚死吗？不会？那么你会羡慕哪个生命的生死间的线段更长吗？线段里，是一秒一秒的瞬间，瞬间里，是一帧一帧的画面，加总求和的长度，与其中的一秒一帧有什么关系？

然而你把这一秒一帧串联起来，就有了自传一样的记忆，就有了自己的历史，从此可以伤春悲秋，想起过往的日子，憧憬未来的日子。你就有了欲念，有追悔，有舍不得，所谓苦集灭道，把这一秒一帧收集起来，积累着，增加着，随着生命的成长，苦的记忆也跟着不断增长。这还不够，要让古人来我们的世界吗？要让他们谈谈自己的事，来评论我们的事？痛苦和烦恼会不会更集聚，更漫长？

据说，世界本来是离散的，谁和谁都没什么关系，时间也是，这一秒与那一秒没什么关系，只是人的意识把这些碎片拼接成种种完整的感知，世界才有了苦。不如让世界保持离散的原貌，让我们看看那静止的画面，回到一秒、一帧，没有时光流转，真的是飞矢不动，宇宙中这些碎片无善无恶，多么无辜，多么平静。“为什么外面见不到古代的人了？”因为，只是你知道他们，才有这些烦恼，其实你和他们是一沙一世界、一花一天堂，你想起他们，是惋惜他们已逝吗？他们生前想到后人，也会有人生苦短的悲凉吧。为什么要想对方呢？想了，就痛苦。回去吧，回到各自的世界，回到静止不动的画面，然后你心如止水，好像时间停止了，所有事物都远离你，所有时光都与这一刻无关，再也没有什么可以伤害到自己。这时你才感觉到，你的妈妈给你的这个生命，原来可以这么美好。

“外面为什么看不到古代的人了？”

五岁的儿子在一个夜晚突然这样问我，使我惊奇，又有些恐惧。我五岁时沉迷《杨家将》《岳飞传》，总想回到宋朝，但也认为古人活不到今天是正常现象，不该成为一个问题。结合皮亚杰的儿童观察实验来理解，婴儿对“物体恒存性”的认知是成长过程中逐步建立起来的。起初如玩具不见、妈妈出门，都被婴儿当成永诀而大哭，后来才认识到自己熟悉的事物即使离开视线也继续存在，就懂得寻找、等待。可能一部分孩子像我的儿子这样，好不容易对外部世界有了“物体恒存性”的信念，这信念又被人的死亡现象否定。我的回答也只能是：“古代的人死了，埋在地下了。”儿子说：“腐烂了，恶心。”他继续玩着玩具，但我认为我给的答案仅仅描述了客观现象，并未解惑：人、动物以及一切复杂的组织形式的恒存性与必死性是一对矛盾，如果不给孩子解说分明，世界带给孩子的印象会是既存在又不存在的一种毫无逻辑的状态。

为了迁就已有的恒存性的认识，我可以引导他关注寿命长于个体生命的组织，如社会或宇宙。但物理学家已论证，宇宙也面临最终冷寂或坍缩的命运，如果我说宇宙恒存，也违反常识。

或者如宗教信仰所说生命的本体不生不灭，或永生。但宗教的说法已超出科学的边界，无法观察其真伪。而且永生如果得以验证就必须活过无限长的时间，只要时间还未到尽头，还有下一秒，就不能断定此人永生，因此“永生”无法被证明，不能拿来安慰孩子。

想起戴维•休伊奇《真实世界的脉络》说到虚拟世界的局限，即可以创造物理上不可能的体验，如飞机穿山而过；但不能创造逻辑上的不可能，如将质数181分解成因数。

“181是质数”这一数学知识，才具备超越时空的恒存性。宇宙生灭多少次，都不能改变这条真理。它也不需要无限长的时间来运行，以证明它是永恒不变的，更不需要人们持续观察，看看它会不会变化。在任何一个宇宙，任意一个有文明存在的星球上，数学课对质数的讲解必然是一致的，背下的100以内的质数必然是相同的。我们的孩子，和外星人的孩子，由此有了跨越光年的共性。我们也可以想象欧几里得当年证得不存在最大质数时的心情，一定是认为自己发现了永恒的真理，也相信自己是重复了过去的、未来的无数个世界里无数个能思考的头脑里的论证过程。

所以我认识到，抽象知识的学习、抽象思维的训练，对于一个孩子的幸福有多么重要。人性都厌恶虚无，都追求永恒，而真正永不变化的纯净的永恒事物只存在于抽象的精神世界，这是花费再多金钱买长生不老药都无法企及的境界。柳宗元说“独钓寒江雪”，毛奇龄说“天下惟雅须学，而俗不必学”，“雪”“雅”都形容知识对人心的提纯作用。每个去学数学的孩子，无论校内还是难度更高的课外班，都是对永恒事物的理解过程，都值得珍视。反之，心思只停留在日常现象，如儿子观察人类的必死性，随着年龄的增长，人就容易伤春悲秋，患得患失。愿世间的孩子们都能在精神世界中找到幼年熟悉的那种“物体恒存性”。

◇ 作者简介 ◇

张然，中国古代文学博士，师从华南师范大学王国健教授。研究方向为中国古代文论之清代诗学，曾在《文学评论》等期刊发表论文。现为文学院中英文秘书专业方向负责人。

打 牌

侯桂新

过年的兴致因人而异。于我，最有兴味的就是打牌，陪父母打牌。大约从我上大学开始，这已成为我们家的娱乐传统和家庭文化的重要组成部分。

父母终日忙忙碌碌，起早贪黑，生活和游戏娱乐毫不沾边。据我妈说，我爸在结婚前后还不懂事，和同事们玩过一阵，玩的项目就是打牌。自从孩子接二连三地出生，因为家庭负担太重，这仅有的娱乐便自然取消了。记得小时候去亲戚朋友家拜年，人家都在兴高采烈地打牌，我爸只能旁观，虽则也饶有兴味，但看不了一会儿就得回家忙乎了。有时牌桌上某人因如厕等事需要离开片刻，其他人等不及，便让我爸临时入座，顶替那人摸牌。往往一手牌还没有摸完，人家回来了，于是便把牌交还了事，自己重新成为观众。像打牌这种游戏，当观众的趣味，是远远不如当事者的。至于我妈，从小缺乏娱乐，连打牌也不会，看也看不懂。在这种局面下，人家的注意力都在牌桌上，她连找个说话的都难。因此这样的拜年便越来越没有意思，她也不想在人家里长待了。

至于我，倒是在乡下很早就学会了打牌。初中时甚至沉迷甚深，有一段时间，常常利用周末点起蜡烛打通宵，加之功课紧张，结果生生把眼睛打近视了，把成绩打退步了，遭到班主任的狠狠批评。从此虽然内心仍很向往，但总有一种负罪感，更不敢在父母面前玩，或者显露出想要玩的意愿。玩物丧志。想想自己的父母，一个始终忙碌严肃，不苟言笑；一个始终忙碌忧郁，愁眉不展。就算是过年，家里的气氛也常常只是严肃庄重，我们三兄弟遵照父母的安排行礼如仪，身边很难有快活的空气。

为什么快活总是别人家的？归根结底，还是自己家太穷。

这情形直到我们几个先后读出书后终于发生了改变。父母一生最大的心愿得以实现，他们常年紧张的心态终于有所放松。有一年春节，可能是我爸提议打牌，竟然得到我妈的许可。一家四个男的，刚好凑成一桌，令人意外的是我妈竟然不愿旁观，也要参与。这是多么让人惊喜的事啊！于是由我们现场培训，教她粗通了“打升级”的规则，便火速上了战场。当然，由于半辈子没有玩过，她对规则的掌握并不牢固，常常健忘，需要一个参谋。好在家有五口，刚好剩下一个可以在旁边做她的指导。从此，家庭牌会便成为我们的固定节目，其地位仅次于央视春晚。

在家庭牌桌上，父母显示出他们最为亲切可爱的一面。他们暂时忘记了尘世的烦恼，获得了一种本真的快乐。

打牌时，父母总是不打对家，而是各挑一个儿子作对家，这样他俩便总是对手。考虑到强弱平衡，我常常和我妈一边。我爸毕竟是老江湖了，面对手中的牌常常显得胸有成竹，甚至游刃有余，打着打着便哼起了小曲。他摸牌速度很快，但摸最后一张时，常常不是马上摸到手里，而是将牌拖到自己面前，往桌面上压一压，一边把手里的牌扫视一遍，似乎希望这最后一张能凑出一副好牌，然后才突然把它翻过来。定睛一看，如果这是一张好牌，他便满意地把它插到合适的位置，如果不尽如人意，他有时会迅速把一手牌收拢，似乎懒得多看一眼，等着人家出牌便是。他出牌时常常貌似不假思索，出大牌时便加力往桌上一摔，提醒他人注意。有时他也会思索片刻，想不清楚时便去扫一眼各人已经打出的牌，心里合计合计，然后抽出自认比较可靠的一张放在桌上。“打牌重要的是要晓得算牌！”在妻儿面前，他颇有些自鸣得意了。然而有时他也会算错算漏了牌，当对手出牌出乎他的意料、获得显著利益时，他便叫一声“哦嗬”，同时用手指敲击着自己半光的脑壳，非常懊悔。

在牌桌上，我妈不但是我爸的对手，在言语上也总是敌人。我妈摸牌慢，插牌慢，亮牌慢，出牌也慢，常常让我爸着急。她摸到一张主牌时，拿不定主意要不要现牌（亮牌），便问我：“我现红桃，要不要得呢？”我说：“看你自己的牌了。”她再一犹豫，结果被我爸或我二弟抢了先，现了个黑桃。我妈很不满，说：“把你的黑桃拿起来！我说了我要现牌！”我爸不同意：“你说现又不现，落地才算数！”我妈只好作罢。她摸完一手普通的牌，常常判断不出是好牌还是差牌，出牌时犹犹豫豫，把牌拿在半空中，然后问我：“我出这张要不要得？”我是对家，不能看她的牌，哪里知道要不要得？这时当参谋的三弟便告诉她要得，她于是说上一句“出了算了”，很不放心地让牌落在了桌面上。如果出对了，她便说：“又轮到我出了吗？”于是重复这个过程。如果出错了，被对方大过了，对她固然是一种损失，但也免了选择的烦恼。我看她拿着一手牌，几乎一只手掌要装不下了，看她凝神思索又有些茫然，似乎很难从宏观上判断牌局。不过，她的表情往往真实地反映了手中牌面的好坏。有时牌太好，她便提前宣告：“这盘总要打你们个光头！”并且差点连手上几张好牌都要报出来了。我爸便接口道：“靠得住，打打看呢！”有时牌太差，她也提前宣告：“冇搞手（没搞头）！要不投降算了？”我爸便接口道：“投什么降呢，慢慢打呢！”有时她忘了自己前面出了什么牌，于是把身前的牌一张一张地摊开，仔细查看，我爸便不耐烦地对她说：“不准查牌！”我妈说：“我查我自己的，又没查你个光头脑壳的。”我爸便叫：“你查了也算不出，快点出呢！”我妈回道：“你个光头脑壳，就知道喊冤！”见我妈真要急了，我爸便不作声了。有时在等我妈扣底牌时，因为历时甚长，我爸便趁机去拿些瓜子、花生和水果之类，大家边吃边打，其乐融融。

说也奇怪，我妈虽然不怎么会打，到收场时，算起来输赢却和我爸不相上下。对此我爸常常感叹：“牌不晓得打，手气又蛮好呢！”我爸的表达都是很含蓄的，这已经近乎一种表扬了。每当这时，我妈便很开心，而且往往要补充一句：“要不是你扯赖皮，我们还要赢得多呢！”我从未见他们像在牌桌上一样开心。也许这就是游戏的魅力吧！如果不把人生整个当作一场游戏，那么这些小小的游戏确是人生必不可少的调节。只不过对我们家来说，这样的游戏实在有些奢侈，它只是除夕和春节的福利。

前两年父母回老家盖房，十分辛苦。去年大功告成，我们都回乡下住了几天。这期间去我舅舅家走亲戚，我妈难得放松一次，有些不好意思地提议要我舅舅和表哥陪她打牌。然而乡下的风俗，上了牌桌，就得有点金钱上的输赢助兴。而我们家历来将赌博视为厉禁，哪怕一分钱也不可以，认为这是个性质和作风问题。仔细想想，这是为何？可能还是因为家里长期贫穷。但这一次，眼见我妈如此兴致高涨，我便问我舅舅，他们一般打多大？我舅舅说，一盘也就一块两块，打一天也输不了几十块钱。我想，一两百不敢打，一二十不必要，至于一两块，“斯亦不足畏也矣”。于是我们鼓励我妈上了牌桌。一下午下来，手气时好时坏，水平旗鼓相当，结果无所谓输赢。一寸光阴一寸金，寸金难买寸光阴——对我妈来说，打牌的光阴是多么宝贵啊！

自从我们三兄弟各自成家后，一个家分裂成三个家（父母和我二弟一起生活），加上另一半，就是六个家，我们那原生家庭，过年要再团聚在一起便不太容易了。随着新的一代成长起来并逐渐占据生活的重心，一家人即使过年团团圆圆，也很难再心无旁骛痛痛快快地打一次牌了。这时回想前些年的家庭牌会，恍然觉得，那竟是半生以来最快乐的时光！只有在牌桌上，我爸才难得地显露出他的乐观诙谐的一面，我妈才难得地忘记病痛，舒展开一向紧锁的眉头，我们三兄弟一边享受着父母精心准备的茶点美食，一边光明正大地玩一场一年难得一次的游戏。每一个人都开开心心，也许这才是一个幸福和谐的家庭。

呜呼，安得年有闲暇三五天，一家老少重聚牌桌前，祖孙三代俱欢颜！

◇ 作者简介 ◇

侯桂新，1976年生，湖南安仁人，北京大学中文系文学学士、硕士，香港岭南大学中文系哲学博士。现任华南师范大学文学院教授、中国鲁迅研究会理事。爱好写作，已发表各类文章上百万字。

蚊

侯桂新

苍蝇、蚊子，大约可归入人类最讨厌的动物之列。看上去不起眼，然而轻则扰人心神，重则致人于病，实不可等闲视之。倘若细分，则二者带给人的情感体验并不一样：我们面对苍蝇，常常感觉讨厌，恶心，下意识的动作是将其赶走了事；而面对蚊子，则往往感觉愤恨，怒从心头起，恶向胆边生，必欲置之死地而后快，因为你不杀它，它便要来吸你的血了。所以倘若有一只蚊子一直在耳边嗡嗡嗡，人通常都要和它不共戴天，战个你死我活方得罢休。

小时候在农村，更讨厌的是苍蝇。农村人虽然貌似不怎么讲卫生，但眼见苍蝇这种逐臭匹夫刚刚光顾过粪堆垃圾场，一转身又上了家里的餐桌，心里多少还是有点障碍。于是，看见了就拿蒲扇赶一赶，或者干脆买个尼龙罩子把饭菜罩起来，也便对付过去了。至于蚊子，夏夜乘凉的时候，也是拿把蒲扇赶一赶，拍打拍打，待到上床睡觉后，把蚊帐一放，也便安生了。

但自从我住校以后，许多年没有用过蚊帐，以致都忘了这种器物的存在。在北京的十来年还不觉得怎么，南下香港后也没怎么，然而到了广州以后，终于遭遇了蚊灾。暑热之中，骤临强敌，无计可施，有时强撑眼皮，挑灯夜战，歼敌数十，然而敌众我寡，终于筋疲力尽，却又在一片嗡嗡声中无法入睡。此种痛苦，无异酷刑，心中唯盼早些天亮，然而天亮得越早，休息时间也便越短了。也有的夜晚，正要睡着，突然耳边来二三不速之客，数量并不多，却足以扰民。打开电灯，四处查看，却又不见。刚一熄灯，又来骚扰。后来我心生一计，假装不知，屏息不动，暗中凭声音估计来犯之敌和耳朵的距离，在预测只有两三厘米的时候，扬起右掌，迅猛出击，但往往一击落空，白打了自己一巴掌。于是调整战术，为了扩大打击面积，等对方即将在脸上着陆时，猛然拽过被单的一角，劈头盖脸一蒙，成功率果然提高不少。但总还有个别漏网之鱼，持续骚扰到半夜，直到人失去意识，沉沉睡去，任凭叮咬。

我曾在战斗中仔细观察过蚊子的反应速度，真是比百米大战中抢跑的飞人还快，而它的飞行速度则与直升机相当。由此，这么一种低等动物，才能成为人类的劲敌，甚至令人无可奈何。无论是烟熏火燎，还是武力袭击，都无法斩草除根，永绝后患。古往今来，多少文人学士，多少圣人智者，纷纷在它面前败下阵来，只能通过文字表达自己的愤恨。连庄子这么达观的人，也不得不为此苦恼：“蚊虫噆肤，则通宵不寐矣。”

有多少伤害，便有多少遣怀。古来咏蚊之作，琳琅满目，涉及多种文体，诗词歌赋文曲谣，应有尽有。晋代傅选有《蚊赋》：“众繁炽而无数，动聚众而成雷。肆惨毒于有生，乃餐肤以疗饥。妨农工于南田，废女工于机杼。”可见蚊子罪大恶极。唐代刘禹锡作《聚蚊谣》：“沉沉夏夜兰堂开，飞蚊伺暗声如雷。嘈然欻起初骇听，殷殷若自南山来。喧腾鼓舞喜昏黑，昧者不分聪者惑。露华滴沥月上天，利嘴迎人看不得。我躯七尺尔如芒，我孤尔众能我伤。天生有时不可遏，为尔设幄潜匡床。清商一来秋日晓，羞尔微形饲丹鸟。”人拿蚊子没办法，除了躲入蚊帐，只有等到秋季来临了。宋代范仲淹作《蚊》诗：“饱似樱桃重，饥如柳絮轻。但知离此去，不用问前程。”观察细致，寓意深刻，然而不能解决问题。清代蒲松龄则有《驱蚊歌》：“炉中苍术杂烟荆，拉杂烘之烟飞腾。安得蝙蝠满天生，一除毒族安群民。”干脆承认，人是无能为力了，只能幻想蚊子的天敌蝙蝠满天飞，生得比蚊子还多，这样蚊子才能灭绝。

在广州生活了几个月，我对蚊子的痛恨日益加深。第二年，王子出生，我对蚊子的痛恨更到了几乎不堪忍受的地步。因为我发现，蚊子更爱咬孩子。这乌黑的小东西，有什么能耐冲我来，去欺负一个无辜的婴儿算什么本事！后来太太上网查询，知道温度越高蚊子越猖獗，婴儿的体温高于成人，所以蚊子更爱喝婴儿的血。这一来就苦了王子了，有时我们发现，在他脸上同时有四五只蚊子在痛饮，一俟吃饱喝足便欣然飞起，嗡嗡欢歌，而他粉嫩的脸蛋上便立刻留下了斑斑点点的几处红肿——我们生养了王子，而王子却从小养活了许多蚊子！

红肿，已使我目不忍视了；嗡嗡，尤使我耳不忍闻！事情严重到了这个地步，绝对不能再听之任之。在痛苦的思考和摸索中，脑子里忽然电光一闪——买蚊帐！遗忘多年的蚊帐，终于回归到了我们的记忆。后来的事实证明，对付蚊子，挂上蚊帐是唯一有效的办法，此所谓拒敌于国门之外也。马克思说，人是会使用工具的动物。荀子则认为，特别会使用工具的人就是君子——“君子性非异也，善假于物也”。所以，光会点蚊香，用灭蚊器，还算不得君子，一定要挂上蚊帐才可称君子。

王子三岁过后，我们从大学城搬家到本部。刚搬过来，家中杂乱，蚊帐没有及时挂起来，结果有一天早上起来，王子整张脸都被蚊子咬遍了，要是细数，密密麻麻，恐怕有一百多个伤口。心疼之余，我只好把生活艺术化，利用某一次打蚊子的成功战例，给王子讲起了故事《爸爸打蚊子》。讲的次数多了，他耳熟能详，很快就能绘声绘色地复述了。这是他学会讲的第一个故事：

有一天，爸爸已经很困了，爸爸已经要睡着了。然后，突然听到一个声音，在爸爸的耳边盘旋。哎呀，不好了！是只蚊子！然后，爸爸就一抓——没有。爸爸很失望。突然，又听到一个声音，在爸爸的耳朵边盘旋。哎呀，好烦呀！又是一只蚊子！然后爸爸就“啪”，没有。爸爸很失望！然后，又听到一个声音，在爸爸耳朵边盘旋。嗡——，嗡——！哎呀，又是一只蚊子。爸爸就拿被单一裹。把蚊子裹死啦！然后爸爸把它扔到垃圾桶里去，然后爸爸就安安心心地睡着了。

其实人愤恨蚊子，主要就是愤恨它不断地在耳边嗡嗡地叫。倘若只是吸点血也就罢了，反正人睡着了，任凭处置，然而这“嗡嗡嗡”却让人难以入睡，而失眠实在是人生最痛苦的事情之一。《红楼梦》里的呆霸王薛蟠作过一首“哼哼韵”，说是“一个蚊子哼哼哼，两个苍蝇嗡嗡嗡”，大约很能代表一般人对蚊子的嘈点所在。

当然，有了蚊帐，并不代表就可以高枕无忧了。因为在放下蚊帐的同时，有些蚊子被隔离在外，也有的则滞留在内，需要手动全数清除，否则仍难免身受其害。哪怕只漏掉一只，不断地这里盘旋一阵，那里盘旋一阵，叫嚣乎东西，隳突乎南北，仍然令人痛苦。鲁迅曾经实写过这种生活经历，写他夜间被蚊子叮咬后不能作文章，于是——

我熄了灯，躲进帐子里，蚊子又在耳边呜呜地叫。

他们并没有叮，而我总是睡不着。点灯来照，躲得不见一个影，熄了灯躺下，却又来了。

如此者三四回，我于是愤怒了；说道：叮只管叮，但请不要叫。然而蚊子仍然呜呜地叫。

这时倘有人提出一个问题，问我“于蚊虫跳蚤孰爱？”我一定毫不迟疑，答曰“爱跳蚤！”这理由很简单，就因为跳蚤是咬而不嚷的。

好在这些年市场上有了一种电蚊拍，是灭蚊利器，蚊帐搭配电蚊拍，几乎可算是万全之策了。遗憾的是鲁迅当年没有用上电蚊拍。

以上说的大多是晚上睡眠的情形。至于白天，问题仍然难以解决，因为人不可能总是坐进蚊帐里。譬如，公元 2016 年 9 月 8 日上午，我坐在书桌前，又被一只蚊子袭击。与以往不同的是，这一次我没有勃然大怒，反而动了诗兴，写了一首《红与黑》作为纪念：

早上八点五十四分
没有来得及打开电脑
左手背一阵小痒
随即注视
一只长到三分之一的小蚊
对于世事远不如它的父母老练
运起右掌

一击即中

仍拍落在左手背

似有所悟

仓皇起飞

旋补一掌

血溅身灭

用一截洁白的卫生纸擦除这细小的亡灵

有红色的鲜血，一滴，两滴，迅即凝固

有黑色的身躯，一条断腿震落在五毫米开外

红色源于我的身体

黑色侵袭了我的身体

然而此刻已与我无关

我用白色包裹着红与黑

将它们送进一个垃圾箱，蓝色的

公元2017年4月30日子夜，零点三十五分，有一只饥饿的蚊子飞过我的眼前。因为感冒，我猛吸一口气，结果竟然把它吸进了口腔。急忙跑到卫生间，将其咳出，经查验，业已身亡。当然，我对它并无同情。当年上学时看过一些旧小说，写到出家人心肠慈悲，常有两句套话："扫地不伤蝼蚁命，爱惜飞蛾纱罩灯。"我对一切生命，常持井水不犯河水之念，有时在路上看见一只蚂蚁，也会避开，不忍踩踏。然而独对于蚊子，难生怜悯。只要被我看到，而又在我掌击范围之内，而又适逢我情绪不佳之时，那么，一场战斗，怕是仍然难以避免了。呜呼！余之所谓战士，大约只在这一方面吧？

小城拳击队

林珊珊

你可能去过中国一些的县城，它们总有一种无所期望的气息，身在其中却不以为意。少年们也有过热爱，往往又化作庸常。年复一年，孩子在地上爬行，时代潮流走来窜去，似乎这就是天长地久。

某天清晨，我在一个叫永郎的四川小镇下了火车。铁路边低矮的房子在薄雾中紧闭着。我跟随前面的齐漠祥，他个子不高，步伐利索，似乎早已习惯这样的清晨：从成都出发，然后在夜里颠簸十二个小时。

他戴顶印红星的绿色鸭舌帽，帽檐压得低，藏着一张小巧的脸，当他抬头看你，湿润明亮的眼睛显得平静。不协调的是，眉骨留下了裂开的伤痕，嘴唇依稀看出缝过好几针，鼻子也有点儿扁塌。一张饱经捶打的脸，我想他曾是凶猛的拳击手。

我在十五个小时前认识了他，现在我们要转一趟汽车，绕过群山，到会理市。清冷的熹微之光中，拉杆箱轰隆隆地响在山坡间。他刚从中国台湾金马奖现场回来，三年前，加拿大导演张侨勇开始记录他和一群少年的拳击生活，拍成了《千锤百炼》，获得第49届金马奖最佳纪录片。

“刘德华握过的手哟！”老同学摸着他的手嬉笑着，频频举杯。他笑呵呵的，也想起二十多年前的自己，成天沉浸在刘德华、周润发们的港片里。小马哥的世界真精彩呵，伙伴们互诉向往，有时只是因为和父母吵了一架，就背起包离家远行了。

会理是四川凉山州的一座古城，四面环山，像艘小船，也称作船城。船城保留着古城墙，据说它曾是丝绸之路的一座重镇。船城懒洋洋、热腾腾的，每走几步，就能看到鸡丝米线、黑山羊肉的招牌以及形态各异的腊肉，粗壮的腊肠和直挺挺的腊鸭密集而整齐地排列着，像某种壮观的仪式。

在船城，我陪他吃过好几餐庆功饭。“得找女朋友啦！”“编制该解决了吧？”这两大问题是饭桌上的善意，除此之外，也许每个人真心觉得对于生活，都有应尽的义务。过去许多年，他遇到的疑惑还包括：你怎么不找个正经工作？为什么老穿休闲服？为什么戴帽子？以及，你为什么骑自行车？

每天，他都在船城骑行，往返于训练场和家之间。家是菜市场边的一间小平房，屋里摆着蛇酒，挂着各种拳击手套，墙上的拳王阿里永远在怒吼被他放倒的对手。他猫在床头的电脑前，哼《春天里》。这天，他从床下拉出沾满灰尘的大箱子，一打开，好几十本笔记，都是训练心得。

几天里，电影获奖的消息在船城传开了。会理二中挂起了庆祝横幅，校长在升旗仪式上通报喜讯，可能“和刘德华握手”更具传播力，大家都把获奖地点说成了香港。县里还组织了观影会，县领导都前来观看，电视台在现场架起了摄像机。

“很感人！”一位领导说出了他的感想，“当然，那场比赛能赢就更完美了！”李副县长似乎更受感染，“这就是艺术的魅力……悲剧，悲剧更能打动人心！”

齐漠祥低头摆弄手中的橘子皮，就像比赛时那样，再次站到了焦点。尽管，眼前的他更像一个虚焦。

一

这场比赛他期待了三年。如今，他听到韩乔生和澳大利亚主持人以夸张的口吻宣布，2011WBC 洲际拳王金腰带争霸赛开幕。“This is Huili，this is China”，音调拉长，中气十足，给人举世瞩目的感觉。船城的观众报以拘谨的掌声，他们都在等待齐漠祥。

齐漠祥还得等到垫场赛全部结束，才能争夺“金腰带”。他是船城最著名的运动员，中国最早的职业拳击手，一直以来，他都在想象这一天：手举金腰带结束二十多年的拳击手生涯，从此带着乡亲见证的骄傲，在这座小城锻造前赴后继的少年拳手。

他有些头痛，让人着迷的紧张感也回来了。2004 年打第一场 WBC 职业拳击赛时，第三回合就把对手 KO 了。那几乎是他第一次感受到拳击的魅力。两个月后，他在第二回合 KO 新西兰全国冠军；第三场比赛不到三分钟，泰国拳王被一拳击倒。

看起来是残酷肉搏，他感受到的却不一样，那是流动的线条，美妙的节奏，迷人的速度，以及身体里强大的生命欲望。每次上场，就像要跳入急浪，又像面对一张巨大的白纸，缺口已经裂开，他要扑上去，彻底撕碎。

不过，每次想起在省拳击队的十年，熟悉的压抑感就会蔓延开来。那是个被计划的、用等级划分的封闭世界。他永无止境地训练，只为更好的成绩，以攀上更高等级，不同等级往往意味着不同的着装、伙食，不同的自由度，以及领导不同的眼神。

三年职业拳击则带来别样的体验。他形容说，不再是走上刑场的囚徒，而是，舞台上的演员。他的排名一度进了次羽量级亚太第五，很快获得了挑战洲际拳王的资格。2005 年，他去广州挑战 WBA 亚太拳王，遭遇职业拳击生涯第一次失败，心情一下从巅峰跌入谷底。不过他喜欢过山车般的体验，那让他觉得真的活着。

现在，他坐在休息室，表现出放松的样子，朋友过来拥抱他，拳击队的徒弟围绕在身边。1991 年，他从这支队伍里被选拔送到四川省队，2006 年他又回来了。他是“齐哥”，没有名分的教练，少年们的英雄。

每一年，齐漠祥都同姐夫去山村学校为拳击队选苗。山村环绕船城，村民大多以种烤烟为生，孩子们住在山里，有些要步行两个小时，才能抵达小学。

“拳击可以改变你们的一生”，姐夫每次都对孩子们说，“希望你们把握好这个机会，离开会理，走出四川。”

孩子们站成一排，好奇地望着他们，使劲打出一拳，有的就被挑走了。来到船城，白天到会理二中上学，早晨和晚上接受训练。他们相互比赛、搏斗，慢慢都习惯了鼻血和瘀青。

日子一天天过去，孩子一拨拨长大，他们有了热爱也有了痛苦，终究汇入大流，打滚在世俗成败之间。可齐哥始终有桩心事。

2008 年，眼看北京奥运会声势浩荡，船城的体育馆也启动修建，姐夫对他说：“你就差一条金腰带了。”姐夫盘算着去拉赞助，等体育馆建成，就把世界拳击理事会（WBC）的赛事拉到船城举办。齐漠祥低头不语，从此有了期待。

三年转眼过去了，体育馆建成，WBC 张罗第一次在中国小县城举办争霸赛。

2011 年，船城四处贴着齐漠祥的海报，他赤裸上身，展现出强壮的肌肉。

这是船城有史以来规格最高的一场比赛。当拳击队的孩子们在升旗仪式上听到校长传达消息时，他们欢呼着，周雪梅同学高兴得跳了起来。

那时，周雪梅还不像现在这样多愁善感。她一天天地倒数比赛的日子，临近比赛的夜晚，她叫上几位同学去车站，等待从昆明训练归来的齐哥。

那是下雨的夜晚，周雪梅每看到一辆车就凑上去张望。张望了一整晚，她冻得瑟瑟发抖，终于在最后一班汽车里望到齐哥的身影。

这一天，周雪梅早早来到现场，师兄师姐们也从四面八方赶来。后来，我见到了其中几个，推销汽车的刘亦刚、四川省队的何宗礼、卖腊肉的刘佩……

工地保安缪云飞也回来了。他害怕见到齐漠祥。

二

“齐——漠——祥”，韩乔生憋足了劲。齐漠祥上场了，他身披红色战袍，高举拳头绕场一周，跟在后面的红色横幅写着：中国选手齐漠祥加油。大家都站起来鼓掌。

缪云飞静静地待在观众席，他落寞又激动。“这不就是你想要的吗？你现在过的是什么生活？”他看到齐漠祥站到擂台上，仿佛自己也回到赛场中心，在操场上、广场上、擂台上，在同学、行人和观众的尖叫呐喊中，他和对手搏斗着。目光越热闹，呐喊越激烈，他就越兴奋。那是漫长的少年时光里最美好的回忆。

2005年，他从船城东边25千米的山村走出来，山路崎岖泥泞，他走了一个多小时，来到通往会理的公路边。那年他十三岁，与何宗礼、刘亦刚等少年挤在训练场的宿舍里，只有在比赛季节才能见到齐哥，那是一个严肃、神秘的男人。少年们私下流传他的战绩和视频，充满了崇拜。

错过选材的刘佩同学看到报纸上齐哥手捧冠军杯，心想，这就是他想要的人生。从深山到镇上念初中，他谨小慎微，埋头苦读，还是没法考出更好的成绩。看到报纸时，他决心追随齐哥。整整一年，他每天都在饭桌边上试图说服父亲。最终，在暑假来临的时候，他获得了成功。

他开始整天泡在拳击里。没有手套，只能赤手空拳，血带着皮粘在了沙包上。晚上饿了，就翻过宿舍那扇没有玻璃的大窗户，到地里偷玉米吃。

后来擂台被拆掉了，他们搬到一个院子里，在狭窄的空地上练习。空地上有个水龙头，夜深人静时，男孩们才挤到一起冲澡。少年心中都有偶像，泰森、阿里或帕奎奥……周末，他们去饭馆看职业拳击赛，围在一起分析、争论。

2006年齐漠祥成为教练后，他们成天和他待在一起，相互依赖。齐漠祥享受这样的简单，可他没有编制也没有工资，县里并不着急帮他解决。两年后，他跑去成都找工作，看到孩子们发来思念和催促的短信，心一软，又回来了。

缪云飞进步很快，他做着拳王的美梦，自由、刺激，明星般闪亮。他也总对父母说："等我当上拳王，就带你们去享受。"

他真的认为自己能当上拳王，特别是2010年获得省运会冠军后。县里举行表彰会，他获得了第一笔奖金。

"冠军"这个词给他带来了荣誉感，可村里人更在乎的是有多少奖金。这让他很尴尬。到县城念书、练拳击，他一直是同龄人羡慕的对象，他们不是当农民，就是到远方打工去了。因而，二百元的奖金成了他的负担，他觉得说出来，必定大大损害"冠军"的尊严。母亲感到失望："我看那么多练拳的，也没有几个正儿八经地找到工作。"

这一年，他和刘亦刚、何宗礼几人去了四川省队。不久，他和刘亦刚都离开了，他不喜欢业余拳击。用他的话说，连出场式都没有。他们回到船城，盘算着毕业后去昆明打职业拳赛，何宗礼则留了下来。道别时，他们相互祝福，一个祝早日成为世界拳王，另一个则愿对方拿奥运冠军。

2011年年初，缪云飞回到船城，他不再是无忧无虑的少年。他找不到对手，齐漠祥则迫切地希望他找到方向。可是，一天中午，他骑车过马路时，撞见缪云飞和他眼中的"坏青年"待在一块。齐漠祥冷冷地说："原来你成天和这种人混在一起，不想练就给我滚。"没等缪云飞反应过来，他已经骑远了。缪云飞满脸火辣。那就滚吧。他去看住院的母亲，提出去昆明训练。听到不仅要交训练费还要自己解决生活费时，母亲不高兴了："有了成绩还要交钱？别练了，练了也没什么前途。"

母亲诉说着烦恼，生病、丈夫打工、家里的猪牛等着喂，诸如此类，又想到儿子不理解自己的苦心，在病床上哭了起来。

缪云飞心情跌至谷底。训练场，他不愿意回了；回家喂猪，更不愿意。他害怕别人的眼神。他躲到厕所大哭一场，然后跑回宿舍，换上训练服。

穿着训练背心的缪云飞跑到工地，顶替了父亲。这是船城的3月，阳光已毒辣起来。他连续挖了十天沙子，手都晒裂了，工友让他休息涂药，他一刻都不愿停。

之后，他和齐漠祥告别。他们坐在台阶上，谁也不看谁。如果不是眼前有拍纪录片的摄像机，齐哥准会揍他一顿的，他想。可谁愿意放弃呢？

"中国队加油！"打气声再次响起。擂台上，齐漠祥脱下上衣，比赛就要开始了。缪云飞暗下决心，无论如何，都要去昆明的拳击俱乐部看看。

三

齐漠祥跳动着，努力让自己放松。要挑战的这位对手身材颀长、皮肤光滑，他叫松本章宏，二十岁的日本新人王冠军。新人早已放言，要以 KO 的方式战胜齐漠祥，夺取空缺的金腰带。

看起来，单是“年轻”这一项，就给对方增添不少希望。不过，他虽不算年轻，但上百场比赛的经验就是他的优势。二十岁时自己也不赖，国家体育系统里的二号种子选手，正奋力向上攀爬。那是 1997 年，拿到全运会的入场券后，他随队去朝鲜训练，每天十回合实战，肋骨都打断了，贴上膏药继续打沙包。回国集训一个多月后，他去上海参加全运会，状态不错。半决赛时，他感到对手几乎没击中他，以为是打赢了。结果恰恰相反。他站在擂台上，眼泪哗哗地流，他不明白究竟是为什么。

年轻人发起进攻，差点儿就击中齐漠祥。场下爆发猛烈的加油声，“打倒小日本！”有人高喊着。现在，就在家乡，他再也不必委曲求全。他必须速战速决，节约体力，快速将对手 KO，就像过去那样。

他已经三十四岁，肌肉有点儿僵硬，似乎使不出劲，皮肤也显得暗哑。精力充沛的年轻人发起猛攻，他也不示弱，冲了过去，两颗脑袋撞在一起。又一阵叫喊。一记直拳猛击右脸，叫好声潮水般涌来。

对手立即反击，两人扭抱在一起。齐漠祥有些走神，有那么一刹那，他似乎望着什么。这一刹那立刻被逮住，松本章宏左脚迈出一大步，右拳击中齐漠祥面部。齐漠祥倒地，双脚翘起，又迅速站起来。第一回合结束了。

第二回合，他似乎没从突然的击倒中缓过神来。对手连续进攻，他只得采用扭抱策略。直到第三回合，他才愤然发起攻击，击中对手脸部，观众的叫好也随之振作，还有人找到了喇叭喊“中国队加油”。

他要为自己而战。十岁开始练习拳击，他从来都是个能吃苦的拳击手。在省队，他每天从早练到晚，军人般服从。有好几年，他都在控体重。他总是想起 1995 年的夏天，在黏稠闷热的广州，他几乎两个月不吃饭，最后水也不喝，训练完穿着控体服，边蒸桑拿边跳绳。

那年夏天以惨败结束，饥饿的他就像一片飘上擂台的树叶，被拨来弄去。他习惯了无人关心，也习惯了服从，只反问自己，这点痛苦都挺不过去，怎么成为优秀运动员？有一年生日，他空着肚子控体重，一位师兄走到跟前，塞给他一根雪糕。他偷偷哭了。这是记忆中唯一的温暖。

如今他不必控体重了，肌肉却失去了弹性。对手很快发起反攻，两人扭抱在一块，又被分开，忽然，一记重拳落在脸上，他打个趔趄，差点儿又挨了一拳。

他像从车祸现场逃出来，眼圈都红了，喘着粗气。稍作休息后，他冲上去，几乎用尽力气。这是最后一搏了。就在上场前，他去父亲的坟前上香，烧纸钱，父亲会对他说什么呢？

1997年，十运会的裁判结果让他沮丧了很长一段时间，他提出离开，可命运掌握在领导的手里，离开将一无所有。他只得继续往前冲，之后他拿到全国亚军。

1999年奥运会选拔赛中，他遭遇东道主，第一轮就被淘汰了。他并不认可裁判结果，整晚愤愤不平，难以入眠，想起过去十多年的艰辛，也想着生病的父亲。

父亲住院以来，他都在冬训中，一直未能见上一面。早晨6点钟，他迫不及待地给父亲电话，听到的却是姐夫的声音，父亲已经下葬了。

之后两年，他沮丧抑郁，一心想着解脱。在父亲周年忌日前，他退役了。他去矿上看场，到深圳卖IC卡，之后又去了西藏。过去变得遥远，日子轻飘飘的，没有激情也没了热爱，直到2004年，他偶然接触到职业拳击。

他爱自由自在的拳击，台下千呼万唤，自己就是中心。不过，随着年纪渐长，他开始有点吃力。2006年最后一场比赛，他撑到最后一回合，以点数获胜。之后，他有了去法国训练的机会，临走之前又犹豫了，选择回到了会理。他并不后悔，法国是一个未知，船城却是稳稳当当的故乡。他过上平静的日子，拳击队的孩子也依恋他，崇拜他，在宿舍里贴他曾经的海报。他多想让他们见识真正的拳击。可金腰带呢？青春呢？激情呢？

他撑不下去。他抓住绳子，任对方击打。年轻人一拳拳袭来，头部、肋部、腹部……毫不手软，作为一名拳击手，一切理应如此。那些倒下的拳击手，都将化作自己的金钱、荣誉、战利品。他感觉不到疼痛，只觉得世界安静了，缓慢地将自己笼罩，模糊的人群不断地散去。

裁判拉开了年轻人。他一动不动地趴在绳子上。

四

周雪梅愣愣地站在原地，眼泪大滴大滴地流下来。原以为一切已被安排，齐哥会赢，她也会赢，就像电影里的主人公那样。每当她看到他挨了一拳，心就紧抽一下，听到观众起哄，提前散去，她又感到愤怒。她觉得此前对拳击的想象，全都错了。

她忘了自己是怎么走出场馆的。一年多前，周雪梅还和村里两个小伙伴在学校里戏耍着，齐哥和姐夫就走进来了。他们站在操场上，听到“拳击改变命运”“学好拳击就是国家的人，学不好就是妈妈的人”，纷纷笑起来。他们不知道什么是“命运”，为什么要改变“命运”。

第一次实战时，她不顾一切地往前冲。她是勇敢简单的小姑娘。她喜欢周六的上午，齐哥带着他们去山上散步，他盘坐在石桌上，说拳击是绅士运动，说拳击就像人生。她仔细听着，一句句记在本子上。

日子一去不返了。现在，她要准备两个月后自己的省青少年锦标赛。没有专门的训练场馆，每个晚上，他们都在跑道上练习，有时难免和来运动的市民发生口角。“小心拿钱砸死你们。”她总会想起那个来散步的中年女人。是啊，有钱为什么会来练拳击呢？她暗想。

一年之后，她还能清晰地记起这个假期沉郁的训练，衣服如何被鼻血染红，自己被打得满头是包，以及人们的挖苦：“都输了，还练什么？”“中国人的脸，都被齐漠祥丢光啦”……

夏日苦涩漫长。两个月后，周雪梅去参加比赛。那是她第一次前往西昌，第一次比赛，第一次戴上护齿。她一点也不习惯，吐了出来，立刻就被判违规扣分。她看到有一个选手也吐了护齿，裁判迅速捡起来，放进包里。他们五人都输了。

太残酷了。她想。看了齐漠祥比赛的老乡也这么说。整个夏天，她都在盘算放弃。她向缪云飞诉说痛苦，缪云飞过得也不好。不过，这个夏天，他被一个信念所占据。他要存一笔钱，到昆明职业拳击俱乐部去。

缪云飞从成都工地动身去了上海。朋友介绍他在 KTV 找到一份保镖工作。他度过无所事事的第一晚，不知道老板是谁，工作是什么。第二晚，他被拉到不知什么地方，分发到一根棍子，然后一伙人冲着往前打。吓了他一跳。第四天，他就辞职了，干起了搬运，和一群中年男人住在一起。不久，他去应聘“高薪”职位，

“大城市机会就是多”，他正想着，一进门就被关起来，只得交了“定金”。

临近过年，他揣着挣到的六千多元回成都转车，一名 QQ 好友去接他，把他送到传销点，让他缴纳七千元入会费。他佯装兴奋，讨价还价一番，表示回家过完爷爷生日就回来，最终才逃脱了。

缪云飞平静地说起这些，十八岁出门远行，被骗，也骗了人。他凭着本能，应对扑面而来的世界。

过完年，他就动身去昆明了。他计划找到拳击俱乐部后，就一边打拳一边在昆明打工。火车抵达昆明，一切都很陌生。他摇一摇微信，加了当地网友，一番聊天后，对方表示自己是同志，他骗说自己也是。第二天，男人就来找他了，给他租了房，还陪着寻找俱乐部。

两人按照网上的地址，找了三天，无果。打电话问拍纪录片的姐姐，无人接听。后来才知道她去了国外。但在当时，他只感到人走茶凉的心灰意冷，便悄悄地离开了昆明。长途火车上，那男人发来短信：希望我是你骗的最后一个人。

五

2012 年春节，齐漠祥去美国看《千锤百炼》首映，大雪纷纷扬扬，他安静地坐在电影院里。比赛画面忽然跳了进来：他站在擂台上。回忆猝然苏醒。过去半年，他失忆了一般，怎么也想不起怎么打的比赛。走在船城的大街小巷，异样的眼光和闲言碎语不断地提醒，比赛真真实实地发生过。日子像白纸一天天翻过去，终于翻到了回忆。他哭得没法站起来。

从成都开往会理的火车上，他向我讲述了这一切。许多夜晚，他的梦都笼罩在比赛的氛围中。人群冷漠地散去，自己像是世界的弃儿。“日本人走了，我还留在家乡，家乡跑不掉，”他说，“打了一场比赛，我还是我，世界全变了。”有时他以为自己走出来了，有时又觉得可能永远都出不来。

从中国台湾领奖归来后，世界又变了一次。不管如何，领导们正式研究起他的编制问题，还表扬他多年来默默无私的奉献。他陪看了一遍又一遍片子，重温了一场又一场比赛，接受了一次又一次祝贺。

从前的徒弟、重庆特警张远雄也回来了。齐漠祥比赛时他去请假，被斥责一番：“全城都忙着搜捕周克华呢。”他年轻热情，意气风发，敬了一杯又一杯酒，说了一个又一个重庆故事。扭头一看，齐漠祥醉倒了。

把他送到运动场时，孩子们正一排排地站在黑暗的冷风中，安静地出拳收拳。跑道边的电灯短路了，齐漠祥一下清醒过来，爬上台阶，咬开电线，重新接上灯泡。孩子们哇地叫起来，又恢复亮堂了。

眼前有不少是新招的队员，十一二岁的模样，怯生生地站着。他们就像当年的缪云飞，或是张远雄、何宗礼。只是，他们不再叫齐哥，而是齐叔了。

周四晚上，第一次实战。他们闪闪躲躲，打着打着就摔倒在地上，齐叔在一边怒吼："你们要战胜心中的软弱！"

推销汽车的刘亦刚站在一边看着，他白皙帅气，像青春漫画里的人物。他轻声说，有那么几年，他每天都在研究世界拳王们的比赛，他总是觉得，自己和他们打，一定能赢。他从未告诉别人，只幻想着。也说起那时和缪云飞去昆明的计划，终究自己已经十八岁，该自力更生了。他去 KTV 当服务生，生活骤然压来，计划便渐渐淡忘。他曾把放弃的痛苦记录在 QQ 空间，后来也删掉了。

这个夜晚，周雪梅招架不住对手的进攻，一直退到角落里。她有点儿恍惚。

六

"她站在我面前，高高瘦瘦的，我一下就认出还是去年那个对手。我很激动，一紧张就没力气了，我拼命地打她的肚子，她就把头抱住。比赛不知不觉结束了，我和她握手，才知道我赢了。我呆呆地走下来，听到有人问我要去哪里，一看是齐哥。我左右看一下，眼泪就掉下来了，突然觉得很轻松，可心里一下空荡荡的。这是我第二次参加锦标赛。我赢了。我竟没有很高兴。如果这是在齐哥比赛之后那一场该多好。可惜不是。”

周雪梅和我走在家乡的小路上，讲述过去的一年。这是一个愉悦的周六下午，山间安宁，阳光和煦，小船停在湛蓝的水库边。孩子们并不留恋自然的美好，他们更喜欢看电视、玩游戏、在手机上聊 QQ、写些惆怅的句子。

周雪梅总是想家，回到农村，又迫不及待地想到城里去，可城里也让她尴尬：只要走上大街，就得花钱。她这么向我概括城市的本质。

母亲是个本分朴实的妇女，她说，钱都花在女儿身上了。女儿也有回报，2011 年在会理举行的锦标赛上，冠军周雪梅拿到四千元奖金，这是齐漠祥向朋友拉来的赞助。她一回家就交给了母亲。

这一周，周雪梅除了要一百二十元生活费、二百元课本费，还要了一百六十元买了两条裤子。裤子只被批准了一条，她似乎是生气，或是难过，黑着脸站在院子里，父亲在背后默默地看她，母鸡在脚边踱来踱去。

回城汽车拐过村口时，我看见她母亲站着目送，坐在车里的周雪梅并不回头。她后来说看到母亲了，她怕眼光交错时又要流泪。过去许多个回城的下午，她都抓着钱，坐在车上默默地哭泣，她想维持体面，也知道父亲母亲多不容易。

回到船城，我陪她去逛街。运动休闲品牌都开到了这儿，满街的服饰小店传递着青年们的时尚。

周雪梅看起来很愉悦，她走了一大圈，试了一拨又一拨，最终挑中了一条窄脚裤和一双青花瓷花纹的鞋子。她抱着它们，满足地回到训练场，仍惦记着家人，“将来我要让他们过上好生活。”

她母亲对我说，只希望女儿走出他们的命运。她也从不看女儿的比赛，怕心疼。女儿总是打电话诉说痛苦，她安慰说：“太累就别勉强了。”听到这，女儿就会决然说：“我要坚持。”

第一次见到周雪梅时，她正在宿舍写拳击笔记，另一个本子贴满体育明星的励志故事。她喜欢张喜燕（中国第一位女拳王），但觉得职业拳击太刺激。有时想走奥运道路，也是漫漫长路。齐哥的比赛后，她觉得一切都变了，齐哥沉默寡言，世事冷酷无情。她对未来忧心忡忡，也不敢投入，要是落得一身伤残，爸妈怎么办?

她经常幻想。自从拍了纪录片后，幻想最多的是当演员。当她看到纪录片时，发现自己的段落几乎都被删掉，又看到师兄缪云飞放弃拳击，睡在成都乱糟糟的工地上，不免失落起来。

缪云飞也被叫来看片子了。他抱着齐漠祥大哭，并不自怜，只是回忆复苏，原来有过那么美好的时光。他怀念被齐哥唤醒的清晨，绕安静的船城长跑一圈，感觉世界属于自己。

但他害怕电影公映。那记录了母亲在田地里拒绝他的镜头。他理解母亲，“农村谈什么理想呢”，他解释说，母亲也有他人所不知的柔情，怕他伤人，更怕他被伤，念叨着就算有了钱，没了健康又有什么意义。

缪云飞对现实有一种强大的接受力。他似乎不怎么惶恐，仿佛早就洞明，生活就是这样啊。我在西昌见到他时，他独自住在空荡荡的房子里，随时等待老板的指令。他是一名助手，他不知道自己在等待什么。有时，他会去看望兄弟何宗礼，他仍朝着奥运之路奋斗呢。

何宗礼总是紧张，这导致他成绩平平。我和缪云飞一块儿去看他时，他训练了一整天，满身是汗，还要连夜赶往成都去实战。坐在体育馆的台阶上，他们淡淡地讲些往事。偶像拳击手米盖尔·库托被打败了，自己依然热爱他；母亲还像过去那样担心，总在电话里问受伤了吗，他也掌握了一套转移话题的搪塞说辞。他不怕受伤，却前所未有地害怕失败。他放弃过，在家乡待了一些日子，最后去找齐漠祥，齐鼓励他不要放弃。他忍不住想，这是漫长而封闭的道路，如若失败，还能适应社会吗？过去是那么热爱拳击，一上场便幻想米盖尔附体，现在他只在乎成败。他分不清，究竟是自己想练，还是自我逼迫的结果……他想不了那么多。他将最后通牒推延到下一场全国比赛，那时他将决定去留。

夜晚很快来临了。老人们涌进体育馆，扭起舞蹈，热闹的歌声飘荡开来。是时候告别了。他匆匆起身，转眼消失在夜幕中。

◇ 作者简介 ◇

林珊珊，资深媒体人，毕业于华南师范大学文学院。曾任职于《南方人物周刊》《时尚先生》等媒体单位，目前系互联网内容从业者。

始于一次单曲循环

李　峥

一

天空又愁又美，像大祭台一样。

——［法］夏尔·波德莱尔

不知从何时开始，习惯漫步于黄昏，凝望流云的变幻。眼前的池塘，睡莲已开，业余画家蜷在一角用彩笔捕捉光影，意欲比肩莫奈。好在，每一个人潮汹涌的大都会中，都不乏白日梦想家，不乏醉心日落的漫步者。

让一首《女士，饮泣在十字路口》[①] 响在耳畔，单曲循环。

---

① 此曲歌词是英国诗人奥登的诗作 *Lady Weeping At The Crossroads*。这首诗，是奥登为哥伦比亚广播公司广播剧《黑谷》插曲而撰写。乐曲旋律来自法国女歌手卡拉·布吕尼（Carla Bruni），这首乐曲收入其个人第二张专辑《无需诺言》。

诗人奥登[1]那沉重的词句，在卡拉·布吕尼的歌声里变得轻盈、飘逸。她那放松的腔调、穿越旧时光而来的感伤，与黄昏一样令人迷恋。随她轻声一问：“你是否会遇见爱？（*Would you meet your love？*）”心翕然在动。

是啊，我们还会否遇见爱？

我无意钩沉奥登与伴侣切斯特·卡尔曼[2]迥异于人的私生活，也无意探究美艳夜莺布吕尼的情场得意。回到诗句，奥登所提的这个问题，是人之所是的问题，是一个孤零零的个体选择如何去爱、爱什么的问题。

他用诗句提问的时间是 1940 年 4 月。彼时的他，并未遇见柔情的“人间四月天”，而是屡次见到了“最是残忍”[3]的月份。此前三年，他曾在荒芜的世界里游荡：看过流泪的西班牙被切开血管、看过满面疮痍的中国荒冢蔓延。在千疮百孔的人类家园，他以涌自良心的诗句发出世纪之问——人们到底如何才能爱？

---

① W. H. 奥登（Wystan Hugh Auden），1907 年生于英国，1973 年因心脏病而去世，被公认为艾略特之后最重要的英语诗人，也是著名的同性恋者。1968 年，W. H. 奥登获得诺贝尔文学奖提名。

② 切斯特·卡尔曼（Chester Kallman），美国诗人，年轻奥登十多岁，是奥登的同性、终身伴侣。

③ 此语出自《荒原》，［美］T. S. 艾略特著，赵萝蕤译，黄宗英编，赵萝蕤汉译《荒原》手稿，第 23 页，高等教育出版社，2013 年 8 月第 1 版。

这问题，仿佛是大都会的黄昏、仿佛是波德莱尔的回声——多么伤悲，多么美。

1938 年 1 月，奥登和旅伴克里斯多夫·依修伍德一同起航乘坐“阿拉米斯”号轮船，从伦敦驶出抵达香港。随后的半年，他们触目惊心地考察起古老东方的陌生城市：广州—汉口—郑州—徐州—西安—上海……在头上高悬的是轰隆隆的日本战机，在脚下炸断的是前行的火车铁轨，四起的硝烟任意阻断二人的行程。借自神明的勇气、缪斯赐予的恩典，令他写下了诸多抖动的十四行诗。诗句里，他思索着那个无解的问题：到底如何去爱？

二

同样闪现着卡拉·布吕尼迷人的身影，在她的代表作之一——电影《午夜巴黎》[①] 中，导演伍迪·艾伦天才般地让人们沐浴在 20 世纪 20 年代的巴黎。那个被欧内斯特·海明威誉为“流动的飨宴”的巴黎。那个活跃着 T. S. 艾略特、科尔·波特、菲茨杰拉德、毕加索、达利和斯坦因夫人的巴黎。

同样是那个流着热血的海明威，几乎与奥登前后脚踏上了西班牙。他们并不孤独，并肩作战的还有乔治·奥威尔等诸多国际知识

① 《午夜巴黎》（*Midnight In Paris*），2011 年由伍迪·艾伦编剧并执导的电影作品。

分子，甚至还有来自中国等五十二个国家的志愿军。战争的结果，众所周知。四面而来的热血与激情，不敌老谋深算。于是，海明威发出了那个问题：丧钟为谁而鸣？

是啊，那丧钟到底为谁而鸣？为胜利者还是失败者，抑或为所有人？

凭借《不需要的战争》获得1953年诺贝尔文学奖的温斯顿•丘吉尔，以冷静的腔调不无怅惘地把“二战”的起点置于1939年。然而，对于西班牙人和中国人而言，“二战”来得还要再早些。几乎是付出生命的代价写下《南京大屠杀》的张纯如，在一书前言写下这样的文字：

> 美国人认为，第二次世界大战始于1941年12月7日，因为日军在这一天偷袭了美国海军基地珍珠港。欧洲人则将1939年9月1日德国突袭波兰视为第二次世界大战的开端。非洲人认为战争开始得更早，应从1935年墨索里尼派兵入侵埃塞俄比亚算起。然而，对于亚洲人来说，战争的发端必须追溯到日本军事控制东亚的第一步——1931年日本侵占中国东北地区并建立伪“满洲国”。①
>
> ——张纯如《南京大屠杀》

---

①［美］张纯如著，谭春霞、焦国林译，第1页，中信出版社，2013年1月版。

时间如岸边潮水一点点地往回拍打，令怀旧的人无限遗憾：有没有可能置身于毫无硝烟的美好年代？

这就是《午夜巴黎》中所提及的——黄金时代理论，也是老牌欧洲心中的美好年代，一个从未陷入任何一次世界大战中的时代。

人们渴望置身一个并不属于自己的时代，消极地抒发自己对现状的不满。而当奥登发问的诗句，以柔情似蜜的方式“在水上从我的身旁游过”[①]时，我承认，我缓解了焦虑。

然而，问题会就此终结吗？

从地图上的确可以找出某些地方，
那里的人民正笼罩在邪恶中：
比如南京，比如达豪。[②]

奥登的诗句，从俯视的角度让我们把南京同达豪连在一起。

多么相似的苦难，多么不堪回首的曾经。

---

① ［美］T. S. 艾略特著，赵萝蕤译，黄宗英编，赵萝蕤汉译《荒原》手稿，第 81 页，高等教育出版社，2013 年 8 月第 1 版。

② W. H. Auden, *Collected Shorter Poems*, 1930-1944（London: Faber and Faber, 1950），“In Time of War”，pp.279-280.

三

奥登从不怕凝视人类的苦难，不怕凝视黑暗的深渊。

同样起源于一次凝视，其诗作《美术馆》描述的就是 16 世纪荷兰画家老彼得•勃鲁盖尔的画作《伊卡洛斯的坠落》。如果不是一番细细探索，恐怕很难看到画中的主角——坠落的伊卡洛斯。

这个自天而降的男孩，被勃鲁盖尔放在画面的右下角。波光粼粼的水面上，他反着光的洁白的双腿仍在空中颤动。这个来自希腊神话故事中的男孩，从没有被“牢牢封锁”在神话里。他的故事，人们是那样熟悉：那双供他翱翔的、以蜡黏合的翅膀，并不牢靠。老父亲警告他：一定要远离太阳，远离危险！然而，年轻的伊卡洛斯怎会听从父亲的唠叨？他飞翔的欲望、俯瞰世界的野心，让他距太阳越来越近，最终落水身亡。

奥登的凝视并不止步于此，他还在继续追问：为何伊卡洛斯这个故事主角如此渺小？为何画面里农人、牧人都安闲自得？为何水边的孩童继续嬉戏，他是否听到了伊卡洛斯的呼喊？

怀抱着这些无法解答的问题，奥登写下诗篇《美术馆》[①]——

① 此处所选奥登《美术馆》一诗为笔者所译。

关于苦难他们向来清楚，

那些古典大师：多么精准地解释了它在

人心中的位置；它如何运行在

某人进食或开窗或只是呆滞地行走时；

深知，长者虔诚热情地渴盼

奇迹抵临时，定会有

不甚欢迎它的孩子，正在

林边池塘滑冰。

他们从未忘记：

即使可怖的殉难也必须听任其行

在随便哪个角落，哪些不洁之地，

那里，狗儿继续过狗样的生活，施刑者的马

将无辜的臀部在树上摩擦。

如勃鲁盖尔的《伊卡洛斯的坠落》[①]：一切都从容转面离去，

当灾难降临；那农夫或许

听到了水溅声，弃子啼哭声，

但对他而言这并不是一件要紧败事；阳光必须

照耀在他那没入绿波的白洁双腿；

① 此处是指16世纪荷兰画家老彼得·勃鲁盖尔（1525—1569）所作布面油画作品《伊卡洛斯的坠落》。

那昂贵精致的船一定明见了
神奇，一个男孩自天上下坠，
还要远航，还要平静以继。

“还要远航，还要平静以继”，奥登模仿着麻木者的语气，把全诗终结于一声叹息。

无法与漠视苦难的世人苟同，他写下了凝视后的困惑：人类为何麻木？为何无视他者的苦难？

他，追问着、煎熬着逝去。正如诗人约瑟夫·布罗茨基所盛赞的那样，他坚守了20世纪诗人的伟大心灵。

在奥登满怀忧愁地离世后，他的疑问是否一同烟消云散、终结在了20世纪？

答案，在风中飘。

四

这城市有上千万个灵魂，
有人住在豪宅中，有人住在洞穴里，
我们没有立足之地，亲爱的，我们没有立足之地。

——奥登《难民蓝调》[1]

① 此处所用奥登《难民蓝调》一诗为笔者所译。

仿佛太阳会照常升起，仿佛暗夜终会笼盖光芒，人类的苦难总以各种方式抵临。纵使在和平的年代，难民也出现在这里或那里。

2020 年之后的世界，经由病毒的提醒，人类确认了自身是一个整体。

在疫情大面积暴发前，因参加国际文学节，我被困在了一座沙漠中拔地而起的城市——迪拜。迪拜同样有醉人的黄昏，但那并不能带给我抚慰和欣喜。

当我天真地以为奥登的《难民蓝调》已是“昨日的世界”时，我撞见了来自努金·穆斯塔法的诗《每日奇观：来自阿勒颇的女孩》[①]。

这个天生脑瘫的叙利亚女孩，微笑着说着自己的逃难历程——全程靠姐姐推着轮椅，她们从叙利亚阿勒颇出发跨越三千多千米逃往德国，从边境抵达边境。

一个迷失的部落，从边境到边境。

匆忙赶着汽车，蜂拥穿过田野。

营地里孩子们用彩色铅笔作画：

---

① 《每日奇观：来自阿勒颇的女孩》为笔者所译。本诗作者是叙利亚难民女孩努金·穆斯塔法，经英国诗人、儿童文学作家凯文·克罗斯利·霍兰德润色而成。后者曾于 1985 年凭借小说《风暴》获得卡内基文学奖。

一朵鲜艳如血的花。

士兵把食物扔给我们——这些律师、医生、

教授、商人。我们不是动物。

抽搐，颤簸，疼痛复疼痛。

纳瑟琳[①]一直在后面推啊推。

希腊、马其顿、塞尔维亚、匈牙利、

克罗地亚、斯洛文尼亚、奥地利……

“拜托，德国？德国在哪里？”

警察笑了。

“欢迎！[②]欢迎来到德国！”

——《每日奇观：来自阿勒颇的女孩》

努金始终挂在面庞上的微笑，与她的残疾、流亡很难协调一致。她称这样的吊诡搭配为“奇观”，她把自己的同胞称为“世界的孤儿”。

集有色人种、流亡难民、未成年女性、天生脑瘫、未受教育等多重身份于一体，努金竟然没有被打垮，她拿起笔记录下自己的经历，在文字的王国里，她吼出——“我们不是动物！”她化为波塞

---

① 纳瑟琳，叙利亚难民，努金·穆斯塔法的姐姐。在二人逃亡的过程中，一直是她推着努金行走和前进。

② 原文中使用的是德语“Willkommen”一词。

冬，始终微笑着，把自己的声音带到了联合国。

每日的奇观，并不是叙利亚女孩努金的独特发现。就在疫情暴发的第三年，仍有大量的难民在一个又一个迷失的部落里：从边境抵达边境。

那首未被谱曲的《难民蓝调》，随晚风响起。在不同的年代归属不同的旋律。单曲循环。

明天，明天是否一切还将继续？

◇ 作者简介 ◇

李峥，青年作家，译者。华南师范大学文学学士、硕士，博士就读于北京外国语大学外国文学研究所。2012 年创办听筝读诗文化品牌，2022 年获书香中国·北京阅读季“金牌阅读推广人”。代表作有：散文集《美人如玉》《指尖舞与玫瑰花瓣的眼》等。

追忆于姥爷的墓前

李　峥

很长时间不敢来到姥爷的墓前，不敢在姥爷这里暴露自己的平凡……2021 年，当我接到北京外国语大学的博士录取通知书，成为姥爷的“校友”后，我终于有勇气来给姥爷扫墓。往日的点滴日常，顷刻也随之涌向心头。

一

小时候，我知道姥爷是很疼我的。

每次回到姥姥家，姥爷都会剥给我上好的橘子、橙子或是削一个大大的苹果，我会欣欣然大口吞食掉，毫不羞赧。童年的我，“大胃王”的称呼应当是名副其实。

姥爷是内向的人，虽然他早年间毕业于北京外国语大学，也精通三门外国语（德语、俄语、日语），可他并不怎么喜爱高谈阔论，反而是安静内敛得很。姥爷的主业除了翻译外，就是做地质勘探类的研究。许多时候，他都需要下矿勘测土壤、地况。时代倡导“铁人精神”，姥爷就把自己的毕生精力完完全全地投入到工作当中去，只顾废寝忘食地耕耘，不计收获。在诸多个日日夜夜的连轴转后，姥爷患上了难医的肺病。得病后，家人心疼姥爷的身体，总劝他不要再如以往那样不舍昼夜地工作。可他只会表面答应下来，加班加点熬夜工作依然如故。

印象中，姥爷每天早晨刷牙时都会仰头漱口，以此训练大舌音、小舌音。这是他学习外国语言留有的日常痕迹，单是这一个小习惯，就能看出姥爷有多么热爱学习。姥爷有很好的学习精神和方法，我学看钟表的方法就是姥爷教授的。

那年夏天，我刚刚幼儿园毕业，约莫五六岁的光景。一日，我突然对家中发出响声的钟表感兴趣起来。姥爷看出了我的小心思，就动意说“试试看能不能自己学”。我一听有挑战，马上来了精神，铆足劲儿开始数数——一圈一圈地数着秒针。第一圈下来，我数了五十八个数；第二圈下来，我数了五十九个数；第三圈下来，我数了六十二个数……就这样，一圈又一圈地数着，最后终于多次数到了六十这个正确答案。在这个不断试错的过程里，姥爷始终没有着急，脸上也总是带着鼓励的笑容，告诉我“再试试”。大概是他的耐心使然，那个夏日的午后，我学会了看时间。还是那个暑假，姥爷又用同样的方法教会了我“如何使用零花钱”。六岁那年的夏天，姥爷连续教会了我看时间、用钱这两个日常生活里的大学问。真是不简单。

然而，我对姥爷最深刻的印象并不是在夏天，而是在皑皑白雪覆盖城市的冬日。

二

那是我读小学一年级时，家中已有了变故。

父母分开后的第一个冬天特别寒冷。雪一直在下，仿佛天上破了个大洞。积雪堆得很高，能赶上我们一年级学生的身高。那年冬天的棉衣，我果然没有及时穿上。课间，同学们约我打雪仗、堆雪人，我尽量地推脱。可是，七八岁的孩子们并不能很懂得别人的心思，照旧拉着我打起雪仗。打得凶猛时，甚至会把圆圆的雪球塞入我的衣服里面。当硬邦邦的冷雪球接触到我热乎乎的肌肤时，瞬间就化成了雪水。这使我本不暖和的身体愈加冰冷了。上课铃声一响，我就飞跑回教室，趴在桌子上默默地哭了起来……姥爷仿佛是知道了他外孙女会着凉挨冻。那日下午放学，他骑了一辆黑黑大大的自行车跨越了大半个城市来到校门口接我。我见到他时，高兴得龇牙咧嘴，完全忘记了玩雪时的忧伤。于是，蹦着跳着跟姥爷走了一些路程，又坐上自行车回家了。回到温暖的家里，依旧有姥爷给我准备好的酸甜可口的水果。姥姥给我准备了厚厚的棉袄，看着我满嘴的泡，她大声说：“孩子上火了啊！”那时的我，自然不懂得什么是上火，也不懂得人为什么会上火，更无法得知姥爷是怎样忍着病痛拖着病体来接他的宝贝外孙女回家的。

后来我猜想，姥爷那时一定很疼。因为，那场大雪之后仅一年，姥爷就永远地离开了我们，年仅六十岁。

追悼会的当天，所有的宾客都穿上黑色、白色的衣服，颇有肃穆之感。刚刚上小学二年级的我，身穿一身黑色，在袖口上别了“孝”字黑纱，跟着家人去到了仪式现场。那是小小的我人生中第一次经历生死，全然不知死生为何物。只知晓，在那个庄重的场合不允许笑、不允许大声吵闹。我记得甚为清楚：当时我十分惊愕于母亲在现场垂泪，于是以一种不可思议的口吻连问了她三遍：“妈妈，原来你会哭啊！”（如今想来，这是多么不合时宜啊。）姥爷是妈妈最亲最爱的人，姥爷说走就走了，她怎会不觉寒冷、不流泪呢？

就这样，姥爷离开了我们，永远地离开了。

可是，我又总觉得姥爷始终都在。

三

姥爷离开后，向来爱美的母亲几年内不置新衣。过年时，别家门口都会贴上新嘎嘎的红对联，单单我们家不贴。我们都知道，那是我们在以这样的方式想念姥爷。

其实，姥姥、母亲都保留了姥爷的一项爱好：养猫。

姥爷是爱猫的。姥姥家曾住过的联排“小二楼”别墅，有一个相当敞亮的后院。后院里，姥爷养了三只猫，分别是一条三花猫、一条黑色狸猫、一条纯白色波斯猫。这家中后院俨然成了“猫的天下”。姥爷养猫是极细致的。以前并没有“猫粮”，姥爷就隔天去市场买一大袋小鱼。每一条鱼，他都会剪开鱼肚子挤出内脏再冲洗干净。洗干净的鱼放入锅中加水加极少盐去煮。煮开后，鱼就会兼有腥味与香味了。此时，再放入煮熟的米或馒头渣，搅拌均匀晾凉即可。这样一番操作下来，最少要耗掉几个钟头。可是，爱猫的姥爷从来不觉得麻烦啊！

姥爷走后，姥姥也开始养起了猫咪。

有一次我得知：一向勤俭节约的姥姥，竟然会偷偷地喂小猫咪喝营养奶。要知道，那些营养食品是她平日里都不舍得喝的啊！确实令我震惊。要说起家中勤俭节约的优良传统，必须提到姥姥。姥姥是烈士子女，她的父亲是河北邢台的第一任书记。抗日时不幸牺牲，成了英雄，尸骨无存。在这样的家庭中长大，姥姥天然地懂得勤俭持家，并且十分乐于助人，也因此结交了不少朋友。反而是英俊潇洒、才华横溢的姥爷寡言少语、内向沉默。二人真是互补的一对夫妻啊！

在姥爷走前，姥姥是不怎么爱猫的。因为她喜爱干净，猫咪每年两季脱毛，总会让沙发上、衣服上出现无数细绒毛。可是，姥爷走后，她却把养猫、养狗当成了生活中很重要的事。我想，这是她纪念姥爷的一种方式吧。后来，我也养了猫，也常常会在养猫的过程中想到姥爷待猫的种种。比起平辈人来说，后辈总可以说“自己是遗传”云云。事实上，我也感激着这些“遗传”，常常夸口说自己遗传了姥爷的“语言”天赋。家人也配合着我的言论，逢年过节也会夸着我的“语言天赋”和表弟遗传来的“数学天赋”。好在，没有辜负姥爷的“学霸基因”，作为他的外孙女和外孙子，我们都攻读到了各自学科的最高学位。

四

许是冥冥之中的天意。报考北京外国语大学的博士也总有一种“迷迷糊糊”偶得之的幸运。

记得在博士考试当天，我因中午吃得过饱而犯困。一个人在饭店门口坐着，晒着太阳，眯着眼睛。于是，便想到了姥爷。在昏昏沉沉之际，我用手机给姥爷写了半封信：

亲爱的姥爷，今天我来您的母校考试了。这里的校园特别美，校园门口的小花园里还有几只猫咪呢。您在北外读书的时候都经历过什么呢？有什么印象深刻的事情吗？那时候

考试难吗?

……

家里安好，请放心。我去加油考试啦！希望通过呀。祝姥爷在天上一切都好。

……

还没有写完这封信，我就又重新走入了考场。考试结束后，我也因自己状态未必很好而一直觉得希望不大。没承想，竟然会以第一名的成绩被录取。真是万分感谢。谢天谢地，谢谢姥爷!

我相信，姥爷在天国应该会看到我的信。终于，我们成了“跨时空”的校友，我料定姥爷会很开心，我也是。

在“循环”中我们能抓住什么

郑浩月

2022年一开年，改编自晋江同名网文的“无限流”网剧《开端》热播，吸引了无数观众的目光。一个“循环”的情节设定，尽管不能说是俗套，但若在欧美影视作品中出现，至少不会让观众大惊小怪。而现在，成熟的观众也已经在我们中间培养起来：“真实”与“虚构”的问题变得不再重要，观众可以自然而然地沉浸在剧本所提供的设定中，跟随其故事逻辑，获得情感共鸣，参与理性思考。

一

这种形式创新以及成熟观众的培养，都与游戏元素的加入有关。而“游戏”与“现实”的相互交织、互为镜像，又是《开端》故事致命吸引力的根源。它本身就是一个套盒结构：男主人公肖鹤云是一个游戏架构师，而他与李诗情的故事不妨视作一款以现实生活为素材架构起来的一款大型真人游戏。他们偶然乘坐同一趟 45 路公交车，一同卷入了一起公交车爆炸案的“循环”中，而他们需要摸索出结束“循环”应具备的条件，并设法寻找达成目标的途径。也许，正是因为这款“游戏”设置了一个有可能实现但又没那么容易实现的目标，又给了“玩家”似乎无限次失败后“循环”的机会，才能紧紧地抓住屏幕前的你我。对于现实中的每一个个体来说，并没有这样的“循环”机会——正是因为每个人或多或少都有未曾达成的目标、不能实现的愿望、无法挽回的遗憾，都渴望有一次“从头再来”的机会，《开端》不断地“重启”人生、不断地试错，满足了人们内心深处最隐秘的渴望。在这一意义上，“观众”不但是外在于故事情节的旁观者，还获得了游戏展开过程中共同参与的兴奋感。

不过，“游戏”和“现实”的不同，不仅仅在于这种“重开”机会的有无；更重要的是，游戏场景和故事走向是事先设计好的，而现实的复杂性远远超过游戏，有更为海量的、未知的、不可控的因素在发挥作用。我们可以想象，假设以“现实”为参照系，这则关于“开端”的故事可以继续“循环”下去，任何一个参数发生些许微小的变化，都有可能功亏一篑。

更宏观地看，《开端》的故事，或许可以被视为人类社会和文明演进的隐喻。站在近代西方式的个体主义意识形态之外，由于传统的中国父母是在子息延续与孝悌忠信的家庭伦理中获得“超越性”的意义感和价值感，他们往往将子女视为自己生命“重开”的机会，总是极力试图让孩子规避自己曾经经历的风险、遗憾或遭遇，并进而使其成为自己未尽的人生理想得以实现的途径。于是，他们认为孩子的出生就是一个新的“循环”的“开端”。当然相应地，他们也可能认为孩子的出生是自己生命某种意义上的“终结”，因为自己的受教育程度、工作方式、社会地位等诸多方面得到改善提升的可能性降低，只能将希望寄托在子女身上。

人类的世代更迭亦是人类整体重新“循环”的机会。在遭遇瘟疫、洪水、战争之种种灾难之后，人类艰难地挣扎着生存下来。每次“循环”中，他们的记忆被保存下来，尤其是在语言和文字发明之后，人类的经验和知识得以在代际中传递——于是，人类文明的经验在应对灾难的试错过程中积累下来，以期来日可以“以史为鉴”。我们可以猜想，《开端》故事的可能性也是无穷多的，肖鹤云和李诗情可能有过更多次的循环和试错，而呈现在我们眼前的成品则是经过精挑细选的部分；类似的，人类文明演进史上或许有无数次不为人知的失败，甚至于，也可能最终所有已知的“循环”都是没有出路的。尤其是现代文明繁荣的表象之下，民族国家之间的冲突与核战争爆发的威胁如同悬在人们头顶的达摩克利斯之剑；而事实上从文明整体的维度上看，我们根本没有回到“开端”从头再来的机会——也有不少剧本，例如前几年热播的《庆余年》，构想了一个后核战争时代的故事，但以为文明毁灭后能够将已知的文明演进过程按部就班地重复一遍，无疑是天真的幻想。人类文明只是无数偶然因素交织的结果。当下状态，不论是好或者坏，值得庆幸还是令人厌恶，都是无数偶然的世界可能性之一，却也是我们不得不生存于其中的、必须珍重的、唯一的世界。

二

不过，对于个体生命而言，“循环”可能更意味着日复一日的枯燥乏味。《开端》改编自“祈祷君”的同名小说，但实际上只是选取了前半部分《永不到站的公交车》，而后一半的故事《送不到的快递》，则呈现了这个故事的另一面向。只有把两个故事放到一起对读，才能全面把握“循环”的寓意。相较于阻止公交车爆炸案的惊心动魄，这个由于要给肖鹤云送快递却无人签收而被卷入“循环”的快递员，要面对的却是日复一日的劳作，而且每日配送的是令人厌倦的一模一样的快递。这个情节创意有可能是借鉴 1993 年上映的美国电影《土拨鼠之日》：天气播报员菲尔被困在“土拨鼠之日”，被迫一遍又一遍地报道在他看来十分愚蠢无聊的土拨鼠报春活动。这个天气播报员利用“循环”的时间学习了钢琴、雕塑、法语文学、紧急救护、汽车修理等一系列技能，赢得了暗恋对象的芳心，并使自己成为小镇上最受欢迎的人。就在这时，他成功走出了“循环”。

与《土拨鼠之日》不同，小说《开端》对快递员走出“循环”

并没有那么乐观。《开端》中为读者提供了快递员的开放式结尾：一种结局与《土拨鼠之日》类似，快递员利用“循环”的机会帮助遇到困难的人，追求爱人，接受再教育、实现再就业，走上人生巅峰；而另一种结局却是，在结束了“循环”之后，他仍然继续着日复一日的送快递工作。作为读者，我们很自然地承认，前一种结局是美梦，后一种才是现实。确实，作者提示我们，等到那份无法送出的快递最终被送达或被退回，即当日的所有快递被“送完”，“循环”就能结束；然而，作为快递员，快递真的有被“送完”的一天吗？从某种意义上讲，他的“循环”恐怕始终没有结束吧？

正如《开端》中的快递员感慨的那样，“读书的学生每天都在读书，办公楼里的职员重复着朝九晚五的工作，工厂的工人天天都在流水线上，部队里的士兵日复一日地完成着同样的训练……”随着现代社会分工越发细致，生产效率已经不可同日而语，但工作对于个体而言也变得越来越单调乏味——绝大多数人何尝不是像快递员感慨的那样，一直在做重复劳动呢？至于日常生活本身，更是充满了“循环”：吃了饭几个小时就会再次感到饥饿，洗完澡第二天再次灰头土脸，桌椅擦干净不久就会落满灰尘……更重要的是，个体必然地走向衰老和死亡，无论获得怎样的财富、荣誉、成绩，终有一天会归于零；而一个新生儿，必须从头生长，且不说不能直接继承父母的知识、记忆、能力、经验，甚至连基本的抬头、翻身动作也无法独立进行，“子生三年，不免于父母之怀”。于是，人们只能如同被诸神惩罚的西西弗斯，徒劳地一次又一次地将巨石推上山顶，又眼睁睁地看着它滚下山去。

然而，“循环”也是“秩序”的同义词，意味着个人的生活与文明的进程某种程度上是可预见的、可控的、可持续的。我们个体生命开启的那一刻，就如同上紧发条的钟表，不由自主地嘀嗒、嘀嗒地走下去。如果试图摆脱这种日常生活的“循环”，就有可能如同《开端》故事中的流浪汉那样，无法挽回地被失序的命运洪流裹挟，偏离人生的常轨，也与社会常态隔绝，孤苦无依、悄无声息地死去。在个人主义意识形态作用下，现代人越来越倾向于试图拓宽自身的生命经验，试图在“循环”的日常生活和重复劳动中自觉地探索更多样的人生。生育后代不再是对家族、社会或上帝的义务，而是自我表达、体验生活的众多方式之一；于是，过去，我们的人口数量减少起因于饥荒、瘟疫、洪水、战争等灾难，如今，历史上第一次，人口的减少将是出于我们自己主动的选择。而且，尽管从家族、社会等种种社会关系的束缚中解放出来，在看似获得无限自由的同时，由于个体存在的有限性，试图在个人本身寻找超越性的意义注定不能成功，反而使个体有可能被空虚感和无意义感控制。这正是古希腊的西西弗斯神话在20世纪被加缪重新发掘出来的缘由。

三

正是在这里，我们看到了中国的文艺工作者的不同思考。如果说在《开端》小说原作中，男女主人公在阻止爆炸案的过程中还沉浸在拯救世界的个人英雄主义情绪中，并且不时地因为公交车上乘客的冷漠回避而怀疑拯救的意义；而在剧本的改编中，我们看到的却主要是对小人物命运的关怀、对每个人内心情感的体贴，而且，爆炸最终被阻止、循环最终被结束，也是需要每一个人的齐心协力，甚至包括爆炸制造者王氏父母内心怨恨的化解。在每一次“循环”中，乘客的反应都有所不同，但编剧（也是作者“祈祷君”本人）想要表达的并不是人类行动的荒诞和偶然性，而是在一次又一次的“循环”中，揭开人物冷漠面纱背后的生活、情绪和行动的逻辑，并把握与之共情的可能契合点，最终使之参与到阻止爆炸的协作中。很显然，不论是故事中阻止爆炸案的主要角色李、肖二人，还是屏幕前的观众，都是以平视的目光逐渐知晓了剧中人物的故事，体贴到人物的内心。

于是，我们看到的是作者（编剧）对人性的不同理解。公交车上的乘客不再是冷漠自私的、不值得被拯救的对象，他们每一个人都有内心深处的柔软与善良，有不为人知的人生经历，最终也能够被成功动员，不再对试图阻止爆炸的李、肖二人冷眼旁观。就连制造爆炸、报复社会的夫妇俩，在其内心的隐痛被揭露出来之后，也可能唤起观众内心的理解和同情。尽管小说改编为剧本后，强行扭转了小说的结局，把五年前的公交车上的性骚扰坐实为王萌萌的死因、五年后爆炸案的根源及解题的突破口，最终可能落入许多观众批评的“因果报应”窠臼，但这一改动却使王氏父母的复仇行动更让人唏嘘。而这些普通人的生活故事，或许落入刻意为之的“大团圆”俗套（二次元少年卢笛与父母的和解、劳改释放犯马国强与儿子的重聚、底层打工人老焦为女儿上学凑齐学费），但并非可有可无的枝节，更不是故事的“失焦”或情节的“稀释”。相反，把重心落在家庭亲情和推己及人的“仁爱”之心，足以成为全剧的支撑点。而李诗情即便在有条件正常到站下车、再次回到“循环”可能失去生还机会的情况下，也义无反顾地选择了再次乘坐 45 路公交车去拯救车上的乘客，不是出于《源代码》《明日边缘》等一众美剧那样不得已地执行任务或个人英雄主义，而仅仅是出于“不忍人之心”。她没有“超能力”，但能够超越个人的狭隘视野，给予他人生活平等和尊重，对他人的命运同情共感，这是她主动参与“循环”与拯救的动机，也是拯救得以最终成功的关键因素。

同样地，对于无法挣脱“循环”的生活方式的快递员，他看起来也已经抓住了某种对抗荒诞感的武器。从传统的社会联系中脱嵌的个人，获得了再次与他人建立联结的契机和可能。当然，如果“祈祷君”的小说被更精心地打磨过，读者或许不会像现在这样，简单地将快递员的故事视为《土拨鼠之日》的蹩脚抄袭，或者是在进行“五讲、四美、三热爱”之类的小学生式训导。目前有些遗憾的是，叙事的粗糙多多少少阻碍了读者透过情节发现其深层寓意的愿望和耐心。

◇ 作者简介 ◇

郑浩月，1992 年生，华南师范大学文学硕士，北京大学文学博士，目前为北京大学中国语言文学系博士后研究人员，主要关注中国现代文学与文化研究。

华师赋

徐能源

立珠江之远岸，见列星之腾云。以振铎为己任，廓岭海而觉民。继斯文于千古，兴旧邦而惟新。鸢翼翼乎戾天，鱼跃跃而起粼。希贤哲之骏烈，诵经史之清芬。明德行以馨逸，育栋梁而遐闻。

岁在癸酉，凤麟允集。勷勤师院，林公倡立。粤秀菊坡，原为基石。既而绝壑崩云，西风峻激。豺虎路横，黎元血碧。师院四更其名，襟抱不失。九载十迁，贞于珉璧。多难殷忧，风骨炜熠。烽火弦诵，学问转密。日月重光，榴岗闻笛。

迨夫鼎革神州，澄清寰宇。院系星移，隽英云聚。陈公唯实，开荒辟野，恢拓师范学府。友生诚朴，沐雨栉风，移栽春阴棠树。草棚篱花，辉映晨曦初度。圃畦甘薯，时见弦月微露。一扇灯窗，澄心寒暑。三尺讲台，传道今古。

既而改革开放，光风霁月。翰林霞蔚，海涛如雪。除旧布新，云起而来鸿。闳中融外，虎变而生风。敷教劝学，通商惠工。分科专业，多士陶融。立于岭表商都，屡获破冰奇功。情系港澳海外，宏拓文化苍穹。一校柱石，筑起南方教育高地；三足鼎立，成就中国卓越黉宫。

稽夫文脉传承，则见门墙庄严，道路光洁。文史见于纯深，理工彰于清彻。中西通乎器宇，古今贯乎睿哲。前贤有开山之德，时俊有韫玉之节。况乃聆音孔颜，步武史班。手摩龟甲，骨植木棉。书空余墨，花生长笺。锥沙绝漠，牧草河沿。珊瑚探于远海，溪鲵觅于深山。紫毫恭楷述作，竹杖芒鞋覃研。演代数而有诗，记远征而无眠。

至如圣像肃穆，亭台翼然。南海嘉树，砚湖纯莲。轩窗挹苍翠，弦诵答潺湲。曾三颜四，语默常省；禹寸陶分，修齐永传。起乎堪充师表之教，本乎立德树人之旨。是有彭彭云骥，秉志弘毅。翼苗岭表，师者多出此门；滋兰诸夏，后生弥笃其志。宜乎吾校之大，高山仰止，景行行止。

嗟乎！国家兴盛，端乎师道之行。民族雄振，首在教化之诚。百年潮回，弦歌春风；万里心在，木铎金声。江山有待，吾校奋兴。世界无涯，大道修明！

◇ 作者简介 ◇

徐能源，毕业于华南师范大学文学院并留校工作，文学硕士。编著有《中国古典文学精神》（合著）、《木铎金声：华南师范大学八十年》（主撰之一）、《社会主义核心价值观读本》（高中全一册主编）、《华师赋》（总撰）等。